LOCUS

LOCUS

LOCUS

LOCUS

smile, please

smile 43 台媽在大陸
作者：譚玉芝

責任編輯：何若文
主　　編：韓秀玫
美術編輯：謝富智
法律顧問：全理法律事務所董安丹律師
出版者：大塊文化出版股份有限公司
台北市105南京東路四段25號11樓
www.locuspublishing.com
讀者服務專線：0800-006689
TEL：(02) 87123898　FAX：(02) 87123897
郵撥帳號：18955675　戶名：大塊文化出版股份有限公司
e-mail:locus@locuspublishing.com　www.locuspublishing.com
行政院新聞局局版北市業字第706號

總經銷：北城圖書有限公司　地址：台北縣三重市大智路139號
TEL：(02) 29818089 (代表號)　FAX：(02) 29883028　29813049
製版：源耕印刷事業有限公司
初版一刷：2001年 9 月
定價：新台幣 180 元
ISBN 957-0316-83-7
Printed in Taiwan

國家圖書館出版品預行編目資料

台媽在大陸 / 譚玉芝著.— 初版— 臺北市：
大塊文化，2001［民 90］
面；　公分.（smile；43）

ISBN　957-0316-83-7 (平裝)

855　90014407

台媽在大陸

譚玉芝◎著

目錄

太太篇

孩童篇

人物篇

風俗篇 153

太太篇

我的抉擇

我從來沒有想過會在短短的半年裡將整個家庭遷移至大陸，在兩千年的第一天，我那從事電腦業的先生，爲因應Y2K所引發的全球性恐慌，還得去公司裡值班，那一天雖然是元旦休假日，但我想必定有很多人不得不犧牲假期，蓄勢迎戰危機。

好險的是，什麼也沒發生，大夥在辦公室裡說笑吃喝，像在慶祝順利過關也順便慶祝千禧年，誰料他回到家，一開口，就給了我一個新年禮物，他說：「公司問我要不要去大陸工作？」我想都沒想的說：「不要。」誰不知道大陸是何等落後的國家，聽到「大陸」二字人人眉頭都皺在一起，更何況我有一份做了十幾年安穩且類似半公家機構的外商工作，去大陸薪水增加根本不是誘因，最大的癥結是這破壞了一個正在穩定成長的家庭，我有兩個孩子，大的小學一年級，小的上中班，令人擔心的教育體制也是個問題，十年樹木，百年樹人，大人已經成熟得可以適應環境，孩子畢竟還小，環境與教育的方式實在令人憂心。

再加上大陸女子年輕貌美，一切向錢看齊之餘，黃臉婆還有多少籌碼與之抗衡？

此後幾日，他的總經理又鍥而不捨的追問答案，這會兒我覺得自己應該退到旁邊，我從他的角度問他：「你自己的意願高不高呢？」再怎麼樣這也是他的工作，他才有資格去思考該不該轉換環境與職場，以及轉換後會帶給他什麼樣的成長。他認爲過去接觸的多屬技術、開發規劃的領域，若能涉足工廠製造方面，那就更能完全了解整個產品的範疇。

既然有這番生涯規劃的道理，我的觀念便也跟著修正，如果他對未來有學習成長的憧憬與空間，我又憑什麼以我那食之無味、棄之可惜的工作心態來衡量、限制他呢？我又想，如果這也算是一個擺脫工作枷鎖的機會，那麼我又爲什麼不能好好享受沒有工作的人生呢？一個念頭轉換，就是人生的一個轉折。

二月中，他整頓行李，進駐位在廣東的公司，開始了兩個月才有幾天年假與家人相見的大陸行，而我們也說好，待九月新學期開始，我便帶著孩子赴大陸定居。

一切都是那麼的倉促，剛開始我也滿擔憂自己能否既上班又照顧兩個孩子？幸好我的貴人——母親就住在附近，晚餐跟著搭伙，省去我做飯的時間，和先生則維持兩三天通電寫伊妹兒，以聯繫彼此之間的感情。

四月份我請年假，孩子托母親照顧，獨自前往香港，和先生會面後再進廣東。他變瘦，也老了點，說是工作壓力好大，因爲他沒有工廠的經驗，再加上爲了能趕緊將工廠成立起來，覺得很累。或許是每天工作十幾個小時以上，也或許是沒有住在一起，我無法完全了解到底有多累，只覺得他的話變少了，人也燦爛不起來。

結果住了五天我就逃回台灣了，那五天裡他每天早上八點上班，晚上十二點下班，沒有時間帶我出去玩，我一個人走在樓下的街道上，沿著大馬路，觀前顧後的，就怕被搶，其實那裡的治安還算好，只是道聽塗說多了，自己嚇自己罷了，再不然就是關在小房間裡，像坐牢一般看書解悶。

回台灣之後我愈發不想去大陸，眾親友也爭相告勸，當然是台灣好，物質、生活、教育、資訊各方面水準都比大陸好一百倍，更何況每個月還有一份不高不低的薪水可領，這些都是事實，我也知道，問題是，我生病了。

剛開始只是感冒咳嗽，我想看醫生就好了，結果快要好的時候又吹冷氣過度，二次感冒，這樣拖拖拉拉的過了一個月，要工作又要帶孩子更要母代父職，我的睡眠也變得不安穩，斷斷續續的睡眠，對重眠的我來講是不可思議的事情，對孩子的態度也變得沒耐性，常常莫名其妙對孩子發脾氣。我終於知道我的身體在尖叫，對我提出嚴重的警告：「你再不面對自己，身體就要垮了！」

我的心理出了問題嗎？我想是的，否則不會免疫功能差到連續感冒咳嗽拖了一、二個月；也不會夜裏醒來便難以入眠；更不會對我的孩子粗暴若此。我常常擔憂明天需要做的事情，我的精神已經負荷不了了。

其實兩個月見一次面，長久下來只是守活寡的另一種定義，原本兩副肩膀承擔了十年的家庭，如今要我一人扛起，我不得不承認，我沒有那個能力。還有一次坐計程車，兒子隨口說爸爸在大陸，司機就丟來一句：「先生在大陸要跟去喔，要不然喔……」又將信心不足的我炸得人仰馬翻，夫妻本來就應該長久生活在一起，否則如果對方外遇，自己也要負一半的責任。寂寞眞的會蝕人心骨，在這種種的原因之下，我決定，前進大陸。

由於公司新的宿舍已在七月蓋好，八月中旬我便將房子收拾妥當，帶著孩子拎了兩大件行李住進新宿舍。與之前的宿舍比較，新的宿舍現代化多了，每間約莫十坪左右，對單身者而言的確是游刃有餘，但對一家四口而言還是擁擠了點。「有什麼辦法呢？既然你們堅持要來，就只好擠一下了。」先生說；畢竟出去租房子住，一來擔心治安的問題，二來離工廠遠交通不便。我們便姑且住下來了。

外子一開始是不希望我們過來的，而當我決定要來時，周遭的親友一律反對，我想這是我的婚姻，我的家庭，我有絕對的自主權，我要去，千軍萬馬也阻擋不了，誰知最堅決反對的，卻是身在大陸的他，他不讓我們來的理由是：

一、目前工廠生產不穩，若是做不起來還是得回台灣，而且他簽約的期限只有三年，忍一忍就過去了。

二、孩子的教育很重要，只有往先進國家學習受教，哪有反其道而行的呢？

三、大陸交通不便，治安不好，可外出遊玩的機會很少，屆時生活苦悶不得抱怨，因爲他目前是工廠第一，沒有時間照顧我們。

這三點都是正當理由，但是身在台灣的我實在無法體會這些有多重要，我在意的是家庭的完整性，我希望孩子在父母的注視下一天天的長大，而不是幾年忍忍就過去的話所能替代的，夫妻的感情不也如此嗎？先別談會否外遇的問題，三年時間裏彼此遇到什麼人、事，彼此的心境，轉變或成長又是如何？我們都不希望錯過了彼此轉化的軌跡，甚至脫離軌道航向其他不可知的星球。

就另一方面而言，一般人（不論夫或妻）從婚姻家庭關係中暫時出走，而且是名正言順的出走，剛開始會不捨與想念，然而時間拉長，慢慢的感受到重回單身的獨立、自由與無負擔，面對的是可以戮力以赴、心無旁騖的工作，雖說辛苦、壓力大，但畢竟剩餘的時間全是自己的，那種幸福感是很難在婚姻共同生活中找回來的。我問他：「我也寧願一個人到大陸去工作，工作完了就是自己的空間，換成你在台灣上班兼帶兩個孩子，二十四小時全年無休，然後我每隔兩個月回來享受幾天天倫之樂，再心安理得的回去上班，你覺得如何？」他這種態度還讓我一度懷疑是否有外遇，否則怎麼會講得如此實際又冷血？

在我的堅持下，我們一家四口開始了定居廣東的生活，他說的問題的確也發生了，我也付出了代價（這些容我下回分解），只是若有人問我，值得嗎？我認爲還是值得！

困境

一般人總以爲派駐到大陸的台灣人，在大陸必定生活得輕鬆愉快，吃香喝辣好不快活，畢竟大陸物價低廉，以台灣人經濟方面的優勢，理應是過著上層階級般的生活。就我自身的經驗而言，絕非如此。

外子來大陸工作，諸事繁瑣，勞心勞力，光是招募篩選員工，設立生產線，訓練剛剛大學畢業的工程師熟悉產品，帶領台籍幹部進入管理體系，一兵一卒都靠他親力親爲，再加上台灣公司不斷要求加緊腳步，其壓力之大不言而喻，工作時間都超過十四小時以上，這絕非言過其實。

不僅我先生一人如此，其他廠的台籍幹部也一樣，大陸工資低廉，大陸人離家千萬里，爲的也就是要多賺些錢，於是就如同三十年前的台灣勞工階層一樣，爲了改善生活，加班習以爲常，大小夜班輪流上也是家常便飯。所以大致而言，台勞要比在台灣做得是既多又累。

我們幾個太太常私下嘆道，就算多了薪資加給又如何？還不是整個人賣給公司，加給所得和在台灣領的加班費不是一樣？孩子能見到爸爸的時間只有晚餐時。每天爸爸回家孩子已經睡了；孩子去上學時爸爸還睡眼朦朧的起不來；每當爸爸吃完晚飯回去公司加班，孩子也只能說：「爸爸再見，要早點回來喔！」父母對視只有苦笑，心裡都知道這是不可能的。

在這樣惡劣的生活品質之下，做太太的我們心中的苦悶也比先生好不到哪裡去。剛來大陸，卸下職業婦女的頭銜，彷彿可以輕鬆很多，事實上心理的調適卻不容易。看著宿舍裡的員工早出晚歸像我以前在職場般活躍，反觀自己，晨起的一套睡衣可能撐到孩子放學前一刻，天天臘黃著臉悶在十坪大的斗室，沒有朋友、社交生活，我只是在提早過三十年後的退休生活，問題是我才三十幾歲，並不是六、七十歲的老太太。何況在台灣，六十幾歲的女人不叫老太太，她們跳土風舞、唱卡拉OK的好不快活！搞不好比現在的我要活躍一百倍。

我就像一隻幽靈般飄搖在空蕩蕩的宿舍裏，我的全名成爲「某太太」，隱姓埋名般過著毫無自我的生活。

我無法和外子訴苦，除了這是我自己的抉擇之外，早出晚歸壓力纏身的他根本沒時間理我，內憂外患夾攻之下，他只給了我四字箴言：「不要煩我」。我的確不能再煩他了，有一次兩人大吵，我氣得想收拾皮箱一走了之，但是想想他當初早就勸過我的話，以及我下過的決心，這樣做眞的太魯莽了。

那時，我眼前常出現的景象，是一個自信十足的女人，冬天裡穿著長大衣、黑長裙，足蹬西班牙買回來的長筒馬靴，脖子上繫著義大利的長條絲巾，一路走進starbucks咖啡店，坐在擦拭晶亮的落地玻璃窗前，悠遊在拿鐵咖啡的香醇世界裡……現在的我是多麼豔羨從前的我啊！

於是我自問，去工作好嗎？在人類經歷工業革命進入資本主義的階段後，工作成了實踐生活的行爲口號，沒有工作就成了一無是處的米蟲，沒有生產力便毫無價值。然而我又懷疑，守著一份朝九晚五的飯碗瞎忙著，消耗掉自己的青春，難道就是生存的價值嗎？自我放逐或是體驗生活的細微度又有何錯可言？我在時間的長河裡反覆辨證，沉淪河底自我掙扎好不困頓。

曾經有一度，一到吃飯時間就覺得整個人要憂鬱起來，難道人生行至此處就剩下穿衣吃飯、生養孩子、守著一個不屬於自己的斗室？我站在陽台上眺望屋前廣闊的土地，看著一樣的亞熱帶花草樹木，一樣的緯度氣候，卻沒有一樣的記憶。

苦悶至少讓我消瘦了點，我阿Q地想著，先生也常感嘆，來到中國誰不想遊歷大片山河，看江山究竟有多嫵媚，然而一年已過，除了幾天出差，還沒有眞的離開廣東省玩過，一個認眞做事的台勞，絕對不會夜夜笙歌的。

炎熱的南國之秋，我像失去方向的候鳥，停留在他方的牢籠中。

吵架經驗

廣東人的廣東話放諸四海皆通用，到紐約，聽的是一耳廣東話，洛杉磯、台北都有廣東腔的音調在耳邊響起，我在偏僻鄉下的小鎮裡，遇見的阿伯阿婶滿嘴廣東話自不待言，連二十出頭的年輕人講起普通話來也是詏口鴃舌的，好不難過！他們一句普通話七彎八拐的講完，我的口水早就吞了好幾口下喉。有時看不過去，我會好心的拍拍他們的肩：「你說廣東話我也聽得懂的。」他們馬上鬆了一口氣似的，喉嚨大開：廣東人的大嗓門，去茶樓轉一圈便知！哇喔啦喔地像年久失水突然修復的水龍頭般傾洩而出。我看著他們膚色黝黑的臉，一句也聽不懂的點頭稱是。

在這樣雞同鴨講的情況下，有時碰到大陸人敷衍的態度，火爆場面便不時出現。一次我去超商買削鉛筆機，拿回家才拉開就壞了，拿回去換，只見那女店員一副不干我事的要撇清，我怎能甘心，要她換一台新的，她卻拿著壞的那台試了又試，又敲又按的搞了半天，總算給她搞好了，她的嘴裡也沒閒著：「你看，就是要弄一下嘛！這樣就行了嘛！稍微看一下嘛。」我看著那台已毫無新舊之別的機器，又聽到她那囉唆且自以爲是的廣東腔，耐不住火地吼她一句：「我知道啦！」她愣了一下，驚訝的看我轉身而去。

另一次是去書店買塑膠透明手機套，回去才發現，外面封套標的型號和裡面的手機套根本不同，我又跑回去換，答案是沒貨了。退錢呢？不行。那手機套何時會進貨？不知道。「有沒有搞錯？」我喊了一句廣東話（僅會的幾句之一），「是你們把貨放錯的，現在我連一個肯定的答案都沒有。」

更氣的是她回我：「那你買的時候要把手機套拿出來套看看啊！」對對對，千錯萬錯都是我的錯，原來我循規蹈矩的不亂開商品，倒成了個笨蛋的舉止。

這會兒我又火大了，我連珠炮般地大罵了三分鐘，內容當然是：「錯誤怎可推到無辜的顧客身上，既然錯了又不想辦法解決，一律說不知道就要我回家，然後如果下次運氣好貨就會到了，我出來一趟可是又要叫車又要等車，車錢又可以再買個手機套了……」

由於我神情激動，嗓門不輸廣東人，普通話講的又快又標準，那店員眼睛都不敢看我的愣在那兒，我最後丟了一句：「你說啊！」

只見她的態度慢慢地由傲慢懶得搭理轉爲可憐兮兮地說：「你剛剛講的什麼，我根本聽不懂。」原來我眞的進了南越之國，神啊，請賜給我力量！讓我不要爲這荒謬的事情笑出來吧。

另外一次，我和幾個朋黨到車站準備搭客運去廣州，那是個新建好的車站，有宏偉且現代化的外觀，嶄新的地板與銀白色的座椅，每個登車處有一個站務小姐，面前都有一部電腦，登車處上方有一個長方形的顯示器，顯示將發車的班次，上車時刻等等。

我們買的是八點五十五分在三號車口登車的票，由於到的時間滿早的，我們買了些礦泉水，上了廁所，好整以暇的在八點五十分到車口，五十五分將票給站務小姐準備上車，那小姐冷冷地瞪了我們一眼：「車子已經走了。」我們張大雙眼，嘴巴開得老大，原來再簇新的也只是外殼，骨子裡還是那麼腐化。

朋黨們都炸開了，五十五分怎麼就會沒車了？小姐講話了：「你們自己要聽廣播嘛，車子又不一定會停在哪個車口，十二個車口有十二個顯示器，你們每個都要看的。」是可忍，孰不可忍？朋黨之一見吵也沒用就去換票，準備搭下一班車。「換票要扣百分之二十。」「啊？」

在換票處我們又吵了一次。換票小姐跑來問三號小姐，那三號婆娘更離譜了：「是他們自己遲到了八分鐘，當然搭不上車啦！」啊，這下子不能不給她顏色瞧瞧了，我們集體在她的電腦前大叫：「抄她的名牌，去跟她的領導上訴。」

「沒用啦，官官相護，你看她一點也不怕的樣子！」

「哈，原來是不會用電腦，顯示器才沒顯示出來，放著電腦只是裝模作樣。」

「嘲笑她，打擊自尊！」

此時我想了一招，她睜眼說瞎話，我就以子之矛攻子之盾的跟著誣賴她：「她在八點四十的時候就讓車子跑了！」她沒料到居然有人的失憶症比她的還要嚴重，比她更會說謊更可恥，這下子她可瘋了，暴跳如雷的連說沒有，我們幾個就咬定她這點，最後是不用扣款的換票改搭下班車。

以我在大陸的吵架經驗而言，入境隨俗保持高度警戒是在當地的生存之道，買東西一定要從頭到尾的仔細檢查，不試白不試，花錢付款之前一定要問清楚價碼，搭車則寧願早十分鐘上車等待，台灣守法程度雖然有待加強，但至少比大陸的守法觀念強很多，所以小地方一定要注意，我們有時就是栽在這些在台灣習以為常，但在大陸卻漏洞充斥的細微末節上。

交通經驗

來到廣闊的大陸，如果沒有交通工具就只能靠兩條腿行遍天下，如果腿力不夠卻又嚮往著外面的世界如我們者，便只能依賴交通工具了。

是以交通工具成爲我們研究的重點，剛來時總聽別人謠傳公車不能坐，在東莞就有台灣人在公車上當眾被劫，脖子上的金項鍊被硬生生的扯掉，手機也沒了。至於長程的客運大巴或中巴也得小心，說不定司機來個假車禍，幾個漢子倏地跳上車把大家洗劫一空也不無可能。

太多的傳聞讓我們不敢邁出步子，但是鎮日躲在家中也不是辦法，除了偶爾跟著公司的順風車到鎮上買些日用品之外，也就只有搭計程車一途了。

剛開始坐計程車也很害怕，馬路又大又寬，司機老大們都不顧一切地往前衝，大陸的交通也是有名的亂，有時一不注意左邊斜進來一台摩托車，前面突然晃出來一個不看車的阿伯，沒幾百公尺，就有一個車禍，街道旁的建築物也不甚顯著，著實令人心驚。

之後膽子漸漸大了，有太太提議坐公車到市中心看看，於是一夥人找到了站牌，準備車資兩塊錢，車還沒靠站，我們彷彿回到二十年前的猴勁，爭先恐後的上車搶座位，那台灣人的生命力就像附身般的重現，惹得車上的人頻頻看我們。我們也不言語，霹靂包拽得緊緊的，一副不能透漏台灣特務身分的神情，到站時不由自主的蜂擁到前頭頻頻喊：「下車。」

司機不耐煩地把車門打開，一群女人矯捷的要踏階梯而下，卻被司機用像倒拉圾的語氣喝道：「後門下。」原想入境隨俗的太太們，突然被規矩森嚴的司機喝醒，於是只好知書達禮且謙虛的從後門下車了。

另一次是隨公司的車到廣州，由於我和另一位太太要先回去接孩子，回程便得自行搭客運，公司的司機阿廣領著我們到火車站，我一路上不停的告訴阿廣，我們要坐二十五元的空調大巴，高檔一點的車子才不會被搶劫，穿過了人潮爬過了天橋找到客運站，我簡直是風蕭蕭兮易水寒的看著阿廣：「一定要坐二十五元的。」

但見阿廣瞧著路線牌，找到了窗口丟了張五十元的鈔票，買了兩張車票，居然……居然還有找錢，我覷著眼看看阿廣，阿廣說：「只有十八塊的嘛！」邊說還邊把我們推上車。

我欲辯已忘言的僵坐在位子上，而另一位太太也緊閉著嘴、張大了眼屏著氣，坐了一個多小時的車回到鎮上，途中不但沒有人看我們一眼，還有手機聲此起彼落的響著，朋黨湊過來用手捂著嘴在我耳邊說：「那些手機不是假的，還會響哩！」

我也要她附耳過來，「不是水壺耶。」說完都覺得自己好ㄙㄨㄥˊ喔！

事後將我們的經歷告訴霞姐，霞姐用她的小眼珠看著我們：「哪裡有那麼多壞人，搶劫？我們的公安好厲害的，如果天天都搶劫，那我住了五十多年怎麼都沒被搶過？你們台灣人好膽小嘛！」

後來和爽妹一道去廣州，她看我們吵著問客運站在哪裡，直著嗓子罵道：「眞搞不懂你們這些台灣人，爲什麼一定要去客運站買票？不但貴又要等發車的時間，轉個腦子嘛！」

「怎麼轉啊？」六隻呆眼看著她。

「告訴你們，汽車離開了總站，司機爲了賺錢，只要車上還有空位，他就會沿路招客，原來在總站賣十八塊的票就變成十塊錢了，你們也不用等到發車時間才有車坐，路上那麼多大巴、中巴可以挑啊。」

不等她說完，果然看到一輛中巴，司機一邊緩慢的開著，一邊伸出頭喊：「廣州，十元。」

爽妹叫道：「七塊，我們有四個人。」

「八塊！」司機還價道。

「七塊，反正後面還有車！」爽妹道。不一會兒，我們就坐上出了站即變成「民營」的野雞巴士到廣州去了。

至此我們才了解，如果不深入田野實地體驗，就永遠做個被本地人當肥羊宰的外地傻子，現在的我們，如果人在鎮上且時間很趕，而兩人同行距離又不遠的話，就會搭路邊招客的大機車，坐一趟是三塊，我們會先跟車主殺價：「你看，就到前面那個大樓，那麼近，兩塊錢要不要？」

跳上了機車，我們三貼的回到宿舍，我想好在黃媽媽不在，否則以我們這樣的行徑，可能會在她的廣播電台排行榜上，蟬連五週冠軍。

殺價

未來大陸之前，我寫了一堆必備的生活物品清單，洋洋灑灑幾大張，就深怕落後的大陸沒有這些物資，生活起來不是太不方便？外子看我一副要把整個家搬過去的張皇模樣，拿起清單唸道：吹風機、洗髮精、拖鞋、牙刷……竟然全部揉成紙團丟到垃圾桶：「拜託，你以為大陸落後到這些東西都沒有，你到那裡的超商看看，種類比7-11還多。」

等我在大陸住下來，才發現，雖然外國品牌沒有台灣來得多，不過該有的也不缺，但是我只帶了三口行李，總是有不足的物品需要添加。

於是我先從服飾店開始逛起，一件質料稍好的衣服，標價要一百多元，換算成台灣的標準，其實也不算貴，台北隨便一件地攤的衣服不也要好幾百元？試穿了好多件，總是挑不到適合的衣服可穿，後來才知道，大體來說，廣東女子的身量都屬於「小粒籽」，由於先天體型嬌小，骨架也細，縱使生了孩子，看起來還是像小姐。我們可能吃得好運動得少，以至於很多衣服都擠不進去，否則就是勉強擠進去，出來照鏡子，總覺得鏡子快爆裂出紋路般恐怖。

好不容易挑到一件既不太俗，質料也可以的衣服，還算合身，回去就獻寶地穿了出來，豈知這竟是災難的開始。

無聊的太太們看到有新事物出現，也會變得像大陸人一樣，興沖沖的上前圍觀，品頭論足一番。

「新買的衣服喔！不錯哪！在哪裡買的？」

「就是鎮上新開的服飾店，裡面的衣服還滿有特色的。」

「多少錢？」

「一百多塊。」

「是台幣還是人民幣？」

「小粒籽，當然是人民幣啊！」

震天的、不可思議的，不像發自人類口中的一聲：「啊！」從太太們驚恐的嘴裡吱了出來。

「『啊』是看斗鬼喔！叫的那麼大聲。」我心裡想著，接著是一陣搖頭、頓足，最後還噗嗤一下的給他笑了出來。

「你被敲了啦！定價一百塊就要殺價，殺價不是從七十塊、八十塊開始殺，是要從四分之一開始喊價，一百塊就說二十五塊，店家不肯，就讓他再出五塊，不要就拉倒，決不留戀，『歪頭作伊走』才會買到眞正的價錢，若是眞的喜歡，就要自己訂個底限，絕不能讓店家牽著鼻子走。」

原來我這樣阿莎力的台灣心態，到大陸來就成了肥羊一隻，睜著無辜的雙眼，面帶羞慚的微笑，心中的憂憤升到最高點，此後，這件羞辱的衣服便被我束之高閣，否則一穿上它，我彷彿可以看到天上、人間、地獄三種佛教境界，天上的太太們低頭垂憐地笑：「可憐啊！怎麼會買得這麼貴。」人間的我帶著阿Q的笑：「買都買了，我能怎麼辦？」地獄中店員小姐的恥笑：「白痴台灣婆子，讓我們大賺一筆。」太可恨啦！

從此以後服飾店被我一家家的光顧過，不但不買，還跟小姐還那種不可能的價，明明一件五十元，我就還十元，惹得小姐回我一句：「那麼便宜，你賣給我好啦！」

去菜市場買水果，七塊錢一斤的水蜜桃，我都自動削減成四塊錢一斤；夜市裡賣的拖鞋，一雙五塊要砍到兩塊錢，非得雙方你來我往一陣。

老闆說：「再加一點啦！」

「不買了。」我答，且轉身就走，一副這種貨品老娘不稀罕的態勢。

「好啦，好啦，唉呀，這麼便宜賣你都虧本喔！」，老闆先受不了，心防崩潰似的叫著。這時我才掏出兩塊錢，拿著貨品走人。

後來，殺價殺習慣了，好像什麼東西都要先砍一砍，剁一剁才能顯露它真正的價值，有時想一想還眞是累人呢。

如此砍殺習慣後，我和朋黨似乎陷入走火入魔的地步，一次我們到市場內的衣物用品店裡逛，整個成衣市場內是一家家的小店比鄰著，我看上一件背心式內衣，小姐索價十五塊，我和朋黨一陣嘀咕，我說：「五塊。」

小姐說：「不可能的，成本就不只囉！」廣東腔的尾音拉得悠長。

我見那棉質布料在夏天當小可愛穿應當很舒服，咬咬牙：「六塊。」

小姐搖搖頭，一臉不可能的表情，我心中忍痛，但仍毫不在乎的模樣走開，走了三步，就聽見小姐追出店口粗聲叫道：「七塊，七塊就賣你了。」

我回頭仍堅持的喊：「六塊，不然不要。」

那小姐一臉要將我置之死地似的爆開喉嚨吼著：「你、你給我回來，你回來我跟你說。」我心中竊笑，此語一出，就表示六塊成交在望。

我們就這麼五步一回首，十步一回頭的完成了這筆交易，買賣雙方這樣激烈的拉鋸戰，看起很恐怖。不知情的外地人會以爲我欠債不還，還是偷了店裡的東西似的，讓店主這樣嘶吼，最忌諱的是還了價卻不買，那肯定是會讓店主暴跳如雷的澆你一身：「窮鬼，沒錢還要裝闊……」等不堪入耳的字眼。

一次朋黨殺價殺得更誇張，一件內褲兩塊五毛錢，她左摸右揉，上翻下看的想找出一些瑕疵，看看沒問題了，開口說：「兩塊。」

老闆娘不作戲的睜著眼看她：「五毛錢也要殺，不行。」

兩人便你追我搶的來回了五分鐘，我乾耗在一旁，最後也看不下去的用台語說：「算了啦，五分鐘也不只五角了，不然我幫你出五角好了啦。」朋黨才訕訕地掏錢出來。

走火入魔如朋黨者幾兮。

有時回頭想想也覺好笑，爲了區區一兩塊錢可以耗費大把的時間與精力，問題是，大陸人爲什麼都要這樣亂定價碼呢？難道他們的店都只靠幾個外地人來維持嗎？外地人也不可能一直被騙下去啊。

我們只能自圓其說地將殺價當做一種樂趣行之，否則又能如何？入境隨俗而已矣。

十年廣州

廣州市對住在偏遠小鎮的我們乃心之所向，雖然在台北無論吃住穿方面絕對勝過廣州，但今非昔比，畢竟現在爲了孩子的課業只能在寒暑假返回台灣，台北離我們太遙遠，只有退而求其次地前進廣州。

十年前我曾由香港搭廣九鐵路進入廣州，記得剛出廣州火車站，八月的天候下，只覺得灰濛濛一片，建築物是灰的，站前的廣場也是灰的，似乎連行走的路人都染上了灰樸樸的塵土氣，印象最深的是三五成群集結在廣場周邊待價而沽的女郎們，穿著鮮豔俗麗而暴露的衣衫，像一蓬蓬的野火在貧脊的土地上竄著火苗，年輕而單純的我，閃閃躲躲的不敢與她們近身，只想著：「好落後的城市啊……」

那天晚上吃了一盤蔥油雞，第二天早上就上吐下瀉一整日，飯店叫了個醫生來看病，是個老老又挺好奇的醫生，但是看起來實在不甚專業，拿了一包葡萄糖和一包鹽給我，什麼藥也沒開的問了一堆台灣的事，我病懨懨的給了錢打發他走，自生自滅的休息一天；第二天返回香港，進了伊莉莎白醫院，吃了一顆藥、打了一針，又因爲持外國護照所以免費，當天晚上就活蹦亂跳的像隻活蝦。先進與落後，在我年輕的心裡，便是天堂和地獄。

如今我卻懷著探險的心情要前往當年的地獄之城，十年後的我已進入中年，臉上也浮泛著憔悴與紋路，而這個城市呢？在經歷十年的歲月之後，它又將以何種面貌與我相見呢？

客運大巴把我們載到五羊新村便堅持不走了，幾個乘客抗議應該載到車站才算終點，我們人地生疏的外地人知道這樣下去只是浪費時間，便下車想辦法。

一列公車站牌立在街邊，多得讓我們眼花撩亂，數來至少有二十線公車以上，站牌設計成三層可旋轉的立體三角形狀，乘客可以轉動牌子查看想搭的路線，而不必跑來跑去找站牌，這種設計獲得我們一致的好評，看看街道上空條條橫亙的電線，牽引著路面上的電車，讓我想到張愛玲描述的舊上海，熙攘的電車裡永遠流動著一股時間的味道，時移事往的男女主角，在電車裡看見彼此的滄桑。

我們搭上公車投入一元，車內有一種靜默的氣息，沒有小鎮公車裡人聲沸騰的嘈嚷，卻多了一份世故，但也沒有台北公車裡世故到冷漠的地步。我們看著駕駛座後方的螢幕，顯示著下一站的站名，以普通話、粵語播送；我想到日本京都的公車，一樣有如此的設計，身爲台北人的我，在故鄉搭到不熟悉的路線，尙且要緊張兮兮的靠在窗邊，一站又一站的凝神注意街邊字體不大的車牌，深怕錯過。

行行復行行的公車繞過一排綠意盎然的蔥鬱樹木，廣州的顏色變了，襯著天光，高大卻顯古舊的歐式風味建築，在綠葉的烘托下，竟帶著另一種歷經紅塵、巨大的落魄美感，沿著溝渠的兩邊，是一條長長的石子路，上有些小草在石塊之間自顧地生長著，行走其間，會是種什麼感覺？

車行過老舊矮小的房舍，一旁又是高大的新大樓，參差櫛比的新舊舖落，廣州原來也正處於矛盾交錯的風格中，我想著中年轉換環境矛盾窒塞的自己，和它的距離便一下的拉近了。

我們在南方大廈下車，此地乃珠江河畔。走在江邊，迎著早春微寒的風，彷彿有了江河，無論任何一座城市，就有了另一種生命情調。望著江面，那風情便不知不覺的爬上心頭。我看到十七歲在淡水河畔看著出海口的我，一樣溫和的河流，一樣什麼都不想的心情，一樣寧靜平和的情境，是否河流都有一股催眠人的力量，讓人望著逝者如斯夫不捨晝夜，覺得自己渺小如江河之沙，忘了一切煩憂。

我們找到新蓋好的地鐵，循著在台北搭捷運的經驗，找到站名、價格、換錢、投幣取票、進入站內候車，它沒有捷運的藍、紅、棕色令人接駁得暈頭轉向的標誌，也沒有不准嚼口香糖（以至於我習慣性的一進站就驚覺的閉緊嘴巴，深怕洩漏口中內容物而被罰四千五百元），我玩味城市中的交通工具，審度它的變化與其它城市的差異性。

第一次的田野調查結束在我與它初次見面的地點——火車站，它在晴空下卻下了一身灰樸的衣衫，周邊喧鬧的女郎們早已隨著進步與掃黃的腳步杳無人影，代之而起的是一波波湧入湧出的人潮，從北方、內地出來的人，回家鄉或出公差的人們，在廣場前洶湧的起伏著。我，只不過是一個暫時浮出水面的氣泡，終究要隨著水流回到自己的地方。

同好

宿舍中，台勞們早出晚歸，每個人來自台灣不同的地方，有各自的生活方式，有些是打牌消遣，有些是一起出去喝酒吃飯，還有些則是假日去鎮上沐足聊天，隨便逛逛，要不就是租台休旅車，四處走訪廣東境內的名勝，一般來說，生活是寂寞而無聊的。

在這些幹部中，有一位大德先生對中國的古玩特別有興趣，每次見他來大陸出差，假日都不知從哪裡抱回一堆書畫、玉石，走時便大包小包的回台灣，我這個無事一身輕，對中國文物也有莫大興趣的「太太」，雖然好奇，卻不知該如何與此人攀談。

直到一次大家叫了一輛車去西樵山森林區，集合時間到了，卻只有寥寥幾人參加，他看我拖了兩個孩子，百般無聊的望著窗外的藍天發呆（當然外子是加班去也），爲了湊人數，便邀我們一同出遊。

一行人來到西樵山才發現，一座山的景點不下十數處，我是當做郊遊旅行，大德先生卻是懷抱征服全山的心態而來，但見他瘦小卻矯健的身影，快捷地穿梭在第一景「文昌廟」

內，正當我打罵完孩子，稍喘一口氣，兀自陶醉在老廟的古拙雕飾，遊走在後院巨大的桂花樹下，透著山氣朦朧，枝椏斜飛，桂花香氣襲人之際，轉頭已不見大德先生的蹤跡。

我和另一位太太駭然的四處尋找他，卻始終音訊杳然，我們只好拖著孩子盡力往山上的景點爬。

等趕上大德先生時已近中午，小孩們吵著要吃飯，我們找家飯館落座，大德卻好整以暇的從登山袋內，拿出預先準備好的乾糧，配上一杯保溫壺內的熱茶，自顧自地吃起來，食畢，還拿出一把瑞士刀，將水梨切好，一副滋味甘甜地呑下，看得飢腸轆轆的婦孺們口水連連。

一會兒，山中下起微雨，我脫下防水風衣給孩子披在頭上，一邊祈禱雨別再下了，卻見他迅速的從百寶袋中拿出一件便利雨衣穿上，至此方知，此人乃登山老手。

他對台灣的山岳知之甚詳，假日踏遍群山，所以練就一雙又快又有力的腿，除此之外，收集他認爲好的（不一定貴的）、有趣的東西，不論是自己珍藏，或是贈送，都是他的嗜好。

回程我們到他必臨的觀光小店，他和店主已成熟朋友，一到就問有無新貨，老闆拿了

四、五個素面無花飾的象牙印章、一尊羊脂白玉觀音、幾個深淺綠色的玉墜、一個素白晶透、寶像端寧的緬甸白玉佛頭，大德放在手中搓摩一陣，迎著燈光定睛細看，篩選了幾個，丟下一堆人民幣，都要了，然後又看他拿了些美金給老闆，說是償還上一趟積欠的款項，對古玩無知的我，正在研究如何分辨好壞時，看他如此毫不吝惜地付錢，還眞是佩服他的捨得。

接著又被他帶到對面的畫廊（和他登山的速度一樣，又急又快），丰姿綽約的老闆娘一看到他，也是大德先生的叫個沒完，熟稔極了。大德四處瀏覽，其中大部分是水墨畫，間或有水彩與國畫相結合的現代畫，看著老闆娘拿出未裱褙的畫，他挑撿了四、五幅，有說送人，有說畫得不錯，可以留著。我雖然對畫一竅不通，但我也有我的審美觀點。

我性喜自由，一筆一劃毫無錯失的筆法，工整的表達接近實物的國畫，是我最沒有興趣的，再加上我爲人高拐，一般既有的題材也引不起我的興趣，大德見我不知腦子裡轉些什麼想法，也有意探探我的想法，他看我意興闌珊，就拿起畫廊裡的一本山水畫冊，告訴我：「這本畫冊是我爲這個畫家作的。」

我的好奇心一下就被勾起來了，原來這位湖南畫家的畫都在這個畫廊裡寄賣，遇到大德這個知音，對他的畫情有獨鍾，陸續買了十幾幅，並且自掏腰包的將收藏的畫印製成選集，這本畫冊算是大德給了這個畫家一個晉升的台階，也讓大德的同好能擁有這本美好的畫冊一起欣賞。

我凝視著他的畫，有傳統的山水意境，筆法上融合了現代丹青的點綴，在雲霧嬝繞的水墨山氣中，間帶有或彤或橙的大片秋葉，或是既青且藍的蒼葉加諸其上，畫風是不羈中又帶有畫家敏感纖細的心。眞是越看越有味道。

一個偶然的機會裡，我也購得了畫家的兩幅小畫，現在我知道大德的觀念了，不崇名家，在有限的財力下（其實他是很捨得的），將美的、值得收藏的事物帶回家。（我一直不敢問他我心裡想問的一件事，畫家的健康狀況不知好不好……嘻！太現實了喔！）

此後，他來出差，又購買了什麼值得欣賞的物品，就會找我歡喜讚嘆一番，前些日子他去肇慶，中國四大名硯之一「端硯」的產地，一口氣抱回三個好幾公斤的硯台，我摸著質地細膩，溫潤如玉的石材，細看硯上雕工精巧的雙龍，看他興沖沖的指著硯上的五個「眼」，接著我也把在廣州買的透雕雙玉墜拿給他琢磨琢磨，兩人都不勝開心的覺得自己找到了寶，中國地大物博，人文薈萃之處自有名物，看著有些物品轉手到台灣價格就暴漲好幾倍，我們對自己在境內找到的寶，眞覺得便宜又値得。

別人看我們兩個同好喜孜孜的樣子，說：「聽說大德家有一間收藏間，專門放他的寶物，不但有恆溫系統，還有保全設備喔。」

另一個人說：「眞的啊，哪天去你家看一看，有什麼寶物。」

但見大德先生想都沒想的說：「我叨攏狗屎。」

嘻，嘻。這些狗屎還眞香啊。

老夫少妻

由於公司選擇了小鎮蓋工廠，光是就業機會就提供了一萬人以上，小鎮的經濟因此不斷的成長，尤其是位在鎮中心的台勞宿舍，男人們多半不注重生活小節，光顧的也就那麼幾家，台勞們對小錢花費都不囉唆，所以四周的店家對台灣客人都耳熟能詳。

日也操，暝也操的台勞們，有時無聊且累極又不願出門者，就到樓下開的美髮店裡去洗個十塊錢的頭，洗頭是次要目的，主要目的是要享受按摩頸背的放鬆時刻，廣東的理髮業最令我們稱道的就是這項服務。按摩的時間甚至比洗頭的時間要長，你只消坐在椅上，一顆頭隨著他們手指恰到好處的力道搖來擺去，什麼也不想的感受肌肉鬆弛的舒服感，往往沒多久就進入夢鄉。

我到了大陸，當然不放過在台灣不能享受到的長時間按摩服務，且適逢台灣幹部娶大陸女子爲妻，又是在當地最大的飯店裡宴請賓客，在公司可算是大事一件，我便去美容院弄個造型。

一入座，長髮飄飄長相不錯的老闆娘就打量我，問道：「你是台灣來的？」我據實以告。

「要吃經理的喜酒？」

我抬眼望她：「你怎麼知道？」

「嘖。」她啐了一聲，「你們台灣人的事我怎麼會不知道？他們每天都有人來我這裡洗頭，上次的那個╳╳╳娶新娘，大家也都知道。」

「喔。」我顯然比當地人還搞不清楚公司的狀況，只好傻傻的說：「那很好啊，兩岸聯姻嘛。」

哪知道她好像被電電到一樣，突然嘰哩呱啦不能克制的罵了一串：「什麼兩岸聯姻不兩岸聯姻的，╳╳╳（直呼其名好順口）那麼老，肚子那麼大，娶了個差了十幾歲的老婆，年紀差了那麼多爲什麼要嫁給他？還不是因爲是台灣人，不然她願意嗎？……」

我被她電的頭皮吱吱叫，卻也搞不清楚她講的人是誰，只好閉目養神，沒多久她又從鼻子裡哼了一聲，我隨她的目光看去，原來是黃阿姨到隔壁的乾洗店裡去拿準備晚宴上穿的。

「那個阿姨才刁哩，每次給她洗頭都嫌東嫌西的，說我吹的不好，那可以告訴我怎麼吹嘛，都說我吹不出她要的台灣髮型，沒看過老人那麼難伺候的，難怪她媳婦……」我側耳傾聽，天啊，連黃阿姨台灣那邊的事都知道，眞厲害！

我簡直參加了一場批鬥台灣人大會，在她又幫我洗第三次頭時，我趕緊叫停，心想頭皮都快被她時而激憤時而動盪的手勢給抓壞了。

晚上赴會時，但見衣香雲鬢，眾人無不卯足了勁來大飯店秀一下，不管大陸幹部或是台灣幹部，眾人對新娘子的評語都是一樣：「身材高挑，面貌姣好，水！」

雖然，新郎比新娘大十幾歲；雖然，新郎的容貌比新娘差十幾倍；雖然，美髮店老闆娘既酸且嗆的話言猶在耳，那也無妨，畢竟台灣郎有足夠的財力贏得美人歸，雙方你情我願有何不可？

後來我住進宿舍，見過幾次這位大夥公認的大美女。夏天時，她一身極白的短衣長褲，原就高挑的身材蹬上一雙五公分的高跟鞋，一副橘褐色的寬邊墨鏡戴在頭上，攏住那一頭小捲蓬鬆的長髮，就像照相機裡不時閃動的鎂光燈，所經之處無不熒熒照人。冬天時則是一套流行的玫瑰紅亮粉色套裝，合身的短外套內是一件細肩帶黑色背心，足下一雙鑲珠花的高跟鞋，臉上的妝永遠濃艷，「她眞是個很會打扮的女人啊！」我不禁想著。

尤其是她眼神流盼之際又另有一番慵懶嫵媚，不語時還帶點高傲冷艷，有次我很唐突的上前和她寒暄，發現她聲音柔膩，講起話來慢條斯理，聽的人好生舒服，別說是男人，連女人都想一親芳澤，眞是女人妒，男人愛。

大家表面上也不懷疑這樣的美女怎會配上這樣的台灣郎，畢竟心知肚明，只是不知是╳經理得罪太多人，還是男人的酸葡萄心理，有意無意時總會丟一些流言在風口飄送，蒲公英般的四處飄散。

若是碰上東宮太后，以後宮清律爲傲，並且遵守傳統紀律爲無上綱，背上馱著貞節牌坊多年的黃阿姨，她會有意無意的說：「這個╳經理實在有夠憨哪。」

傻氣太太們個個睜大眼珠子莫名的看著她，「剛剛不是在教做蔥油餅嗎？」

「你說啥人？」

黃阿姨喘了一口氣：「我說這個╳經理啦。」

「按怎？」她突然又不講話了，大家起鬨要她說出個理由，她才一副不是我要講，是你們逼我把事情說出來的。

「娶一個某勾尬一個仔。」

大家像聽到火災警鈴聲一樣，先是搞不清楚鈴聲從哪裡響起，接著就覺醒般的議論是不是火災啦的神情，但見黃阿姨藉口電視劇開演了閃人爲先，留下一堆驚訝，繼而滿臉問號，最後歹勢「不知爲對方還是爲自己」的傻太太們。

老夫少妻，如果能夠白頭偕老也是美滿姻緣一樁，若是信心不足，又豈是在剝洋蔥般的層層檢視下能保完好的呢？停止飄浮吧！蒲公英。

太太萬歲

我和朋黨常笑稱我們在大陸「伴公伴讀」，陪伴老公生活陪伴兒女讀書，好像生活中除了這兩項任務之外，就沒有其他事了，女權運動者一定很爲這些有著高學歷又正値黃金歲月的新一代女性，卻只剩下這點價値感到悲哀，自詡有新觀念的我們也有過掙扎，以下所陳述的，正是我們不得不來的理由，所謂事實勝於雄辯，行動大過觀念，既然希望擁有完好的家庭，就必須走出這一步。

某日外子告知，晚上要請部門裡的大陸職員吃飯，無法回來和我們共進晚餐，由於我在宿舍裡悶得發慌便想跟去，外子考慮後就答應了，反正吃頓便飯，有親人同行應該無妨。

餐廳距離工廠不遠，我還特意化妝打扮，兩個孩子穿戴整齊，員工男男女女的共來了兩桌，一入座才發現，我們這桌幾乎是女的，年紀都很輕，全是電子工程科系的大學畢業生。

我和她們算是第一次見面，或許是不熟的緣故，她們對我也不甚熱絡，倒是一向沉默不多話的外子居然談笑風生的跟大家聊著，女職員們也你一句經理，我一句經理的叫著，我在一旁呆若木雞地聽他們談話，講到工作，隔行如隔山我根本聽不懂；講某人如何我也不認識，一句話也插不上。覺得自己雖是經理太太，卻好像沒人把我放在眼裡，她們的眼中只看到瀟灑、崇高卻又可親的經理大人！經理太太？又老又不會說話，讓她坐冷板凳就好了，省得還要招呼她。

我雖然偶爾神經大條，但該聰明的時候也不至於太笨，我冷眼觀察這群二十出頭、學有專長的大陸年輕女性，她們都很有自信、能言善道，需要發言時也絕不落人後，階級在她們的心裡就像是個會發光的頂冠般讓人企求，雖然互爲同事，仔細觀察，她們爲求表現仍在暗中較勁。

我就像個活道具般杵在一邊，時而餵弟弟吃飯，時而像母雞一樣撿拾著弟弟掉落在衣服上的飯粒，一會兒又呼喝姐姐快吞下口中的一團飯，跟這些大陸新貴比起來，眞覺得自己像個歐巴桑。後來才知道，在大陸人的觀念中，經理太太應該是穿戴一身的名牌，丰姿綽約的擺著少奶奶的臭架勢，坐著等人家來奉承的，至於餵養孩子，則應該讓一個月領幾百塊的保母來做。

我覷眼看著如沐春風的外子，眼中射出的森森毒箭完全進不去他那發著光的金鐘罩，又無法當著這麼多人的面給他吐槽，想用台語酸他，席間又有一個台籍幹部，心裡一口氣卻是嚥不下，待啤酒上桌時，我終於開口了：「今天是經理的四十大壽，我們來敬經理一杯吧！」我的聲音必定像酒家女一樣，做作中帶著嬌媚，矯情中帶著虛僞。

外子突然轉頭看著我，笑容凍結在嘴邊，臉上一個問號使他看起來像個大蠢蛋（原諒我這樣罵他，他眞的很蠢），今天當然不是他的生日，而且他離四十歲還有幾年，他隨即看破我的詭計，僵笑著和一群阿諛奉承的美眉們敬酒，我看氣氛熱絡起來，選定了個長的較差的（一般而言，長得差些不會太驕傲心防也低），開始問一些女孩子愛聊的星座啦、手相啦，繼而講起男女戀情等話題，隨即有其他的魚兒上鉤加入話題，便一起聊了開來。

有人說，正面迎向問題，問題便解決了一半，不是嗎？

「姊姊、弟弟，你們也敬爸爸一杯。」搞不清楚今夕是何夕的姊弟倆，左右夾攻地把爸爸圍住，「讓死鬼好好的煩一煩吧！」我心中快意的想著，哈哈哈！

大陸新一代的粉領族，年輕、學歷好、資質佳、口才一流，但想在人口過多的中國掙個機會脫穎而出談何容易？必要時就得使些非常手段，不然怎麼讓上頭的注意到自己呢？台灣男人有幾個能在寶島享受到眾多條件佳的小姐逢迎撒嬌？無怪乎這麼多的台灣男人被反攻尚且沾沾自喜而不自知。

工廠裡層出不窮的流言更是多的讓人心驚，大頭看上的女孩子可以分派到輕鬆的部門，所以這個部門又稱「後宮」，有助理小姐下班時間到了不走，痴痴地等著主管下班，日久生情也是家常便飯，某主管和女職員同坐一張凳子看報表，手腳磨蹭之外，手還可順便試探女職員的胸部是否為真材實料，女職員會主動的帶剛派駐的，人生地不熟的台灣幹部四處踏青攬勝等等，可以製造的機會實在太多了，有幾個在台灣像俗仔，到大陸變偶像的男人受得了？

一頓飯吃完，回到家就又是電椅、又是算盤、又是探照燈的將外子屈打成招，他紅著臉囁囁地說，是有一兩個女職員對他講話會比較嗲，看到他會笑得像春花一樣燦爛。我悶著聲，幾乎聽得到胸腔裡震天般的心跳聲，看到像站在懸崖邊背水一搏無路可退的自己，我決定縱身一跳的沉聲問他：「然後呢？」

「就只有這樣啊。」

我隱忍著心中的情緒：「不可能！」

「眞的就只有這樣啊！」

我暴吼道：「那就是精神外遇！」我拉著他摔向沙發，一邊好安心卻又不到黃河心不死地跳到他身上說：「再不將實情吐露我就花錢登廣告揭發你們的姦情，還要帶孩子到工廠門口賣口香糖，腳上鋪著你的廣告讓全公司都知道，你這個拋妻棄子的現代陳世美。」

他終於忍無可忍的把我推到一邊說：「瘋女人！」當他懶得理我的時候，就是我這齣自編自導自演的鬧劇該收場了。

至此，我只能說，無論是在台灣獨立撫養兒女，尚且要上班並孝敬公婆的台灣老婆，或是拋棄既有一切來大陸「伴公伴讀」的太太們，你們眞的很偉大，台灣郎捫心自問之餘，應該大呼：「太太萬歲」！

ＫＴＶ文化

在台灣，ＫＴＶ是重要的休閒生活項目之一，舉凡生日慶生、公司聚會，甚至配對連誼，ＫＴＶ都是聚會的好場所，更不用說三兩好友一時興起就可以隨時歡唱幾個鐘頭，至於一個人心情鬱卒的話，到ＫＴＶ拿起麥克風盡情發洩，哪怕是唱到觸景傷情的歌而嚎啕大哭，也沒有人會管你，這些都是ＫＴＶ的好處，既能聯繫朋友之間的情誼，又能讓壓抑已久的自我得到釋放。

我是個說的比唱的好聽的人，音準節奏沒問題，但就是那副破鑼嗓子提不上氣，一唱到該盡力發揮的高音處就像斷了絃的琴，只能望著螢幕發呆，別說朋友聽了難過，自己一首歌都不能盡情唱完也覺得夠洩氣的，所以，只要有人提議去ＫＴＶ唱歌，我都敬謝不敏，若勉強去，乾坐在一旁聽別人唱歌，倒不如回家聽ＣＤ更好。

來到大陸，應隨行的老姐要求，到鎮上最高級的飯店裡訂了個包廂唱歌，十二點以前最低消費是人民幣五百元，曲目不多，淨是些老歌或中古歌。當然，席間都是我那歌喉可以媲美歌劇女伶的老姐唱個不停，我們幾個過了時、嗓子乾癟如同老太太的女人，只好嘴裡吃著魷魚絲，心裡無聊得要命地陪她耗到十二點才回去睡覺。

不就是如此嗎？全世界的KTV永遠都是長得一樣，KTV生態也永遠不變，都是那些唱將、歌王、歌后霸著麥克風不放，一副陶醉在歌聲中不能自己的表情，倒是有副爛嗓子的人，活該幫大家點歌、倒茶、拍手，連偷偷打一下瞌睡的權利都沒有，否則就是破壞氣氛，並且，並且還要幫大家分攤費用，開玩笑，只不過多吃了幾根鴨掌、小黃瓜也要付同樣的錢，太不公平了吧。

所以看到台灣幹部一夥人去唱歌，我也不覺得奇怪，無聊總是想去唱歌，紓解壓力、寂寞，順便在渾厚的歌聲中再次肯定自我，很正常的嘛。

一個台灣來出差的同事問到某某人好像不常在休息的時間看到，都到哪裡去？我想也沒想的說：「他都去唱歌，他好像很喜歡唱歌。」

突然間，坐在我身邊的外子用手肘很快的頂了我一下，然後面色嚴厲的說：「不要亂講。」

我也變了臉不能理解地瞪著他，心想：「奇怪，人家本來就是去唱歌，什麼叫做亂講，難道休息時間不能有娛樂，一定要在工廠做到死啊！」

住在宿舍的壞處就是，下班時間做主管的若是在工廠沒有看到部屬跟他一樣的加班，回到聲息相通的宿舍裡又看到部屬在休息或出門，就會心理不平衡的認為他不夠認眞，其實這是最不好的情緒反應，休息時間本來就是屬於自己的，主管要這麼變態，是主管要反省。

再加上外子是眾所皆知的破爛嗓歌王，音準不佳，明明一首耳熟能詳的歌，他可以把那首歌的曲調唱成他那種隨風亂飄的旋律，唱到哪一段必定不像那一段的厲害，所以他跟我同病相連，最不愛去唱歌。

「那也不能管人家那麼多嘛。」我被他兇得莫名其妙，心裡做了如上的解釋。

回到家我當然質問他爲什麼在同事面前兇我？原來大陸的ＫＴＶ都是可以叫小姐坐檯的。

這下我才如夢初醒地了解何以他要替那個老婆、孩子在台灣的同事遮掩，這種話若是傳回台灣可眞是代誌大條，只不過，台灣的老婆會不會像我一樣，天眞的以爲唱歌很好啊，至少沒出去亂搞？喂，告訴你，唱歌就是亂搞的同義詞。

我的視線很快的回到外子的臉上，那以前他和日本客人去唱歌……在掩護同事的同時卻曝露了自己的眞面目，我當然要他講清楚，說明白，就這樣我才知道大陸的KTV在搞什麼鬼。

太多的男人藉口業務需要、商業考察、打高爾夫球，甚至是不和同事一起去同樂，就無法增進情誼，工作無法開展，或是客戶需要等等。或許一開始的確是抱著這樣的態度去，但是燈紅酒綠久了之後，誰能保證不會發展出業務需要以外的「需要」呢？所有的男人都希望在家中等候的太太能夠「明理」，如果今天兩人地位互換，男人們，別大驚小怪，你的太太只不過患了幾個小時的失憶症，抱抱牛郎，當三七仔幫客人找小姐，回到家後還是你忠貞的太太，你說呢？

KTV當然可以清唱，問題是一群男人在一起清唱的了嗎？自然會有小姐站成一排給客人挑選，挑到客人滿意爲止。據說還有個日本人挑好了、抱過了，覺得不甚滿意，好像外子同事身旁的小姐比較合口味，於是又大風吹一次，然後就是喝酒、唱歌、跳舞。

小姐們一坐下就會自動將客人的手握住，身體挨的緊緊的，全都是不超過二十歲的辣妹們，爲了要客人帶出場多賺些錢，她們都會出些招數讓客人上鉤，有時聊著聊著，一張名片就放進客人的口袋裡，還有藉口要看客人的手機，把自己的電話號碼輸進手機裡，凡此種種，都在提醒客人再次聯絡。

至於那種擺明就是來玩的客人，ＫＴＶ就成了活色生香的場所，據一名曾經進入有色ＫＴＶ的大陸太太所言，小姐們一進來就跟客人又親又摟的，如入無人之境，以後行爲她也沒什麼心情看下去，唱到一半就和她先生先走了。

從此我對ＫＴＶ又有了另一種的解讀，如果什麼活動都要跟色情扯上關係，做太太的眞是防不勝防。

此後，聽到ＫＴＶ的字眼我都不動聲色，只用眼睛紀錄這些情況，先前提到來出差的同事幾個月後又出現了，跟外子聊到「昨天帶客戶去唱歌……」突然看到站一旁的我，話就停了下來，我滿臉笑意，光明磊落地回他：「唱歌，很好啊，這裡的ＫＴＶ好像跟台灣的設備差不多喔！」

他愣了一下，看著一臉天眞的我，訕訕地說：「對啊，對啊！」

男人們，請小心，當女人們不動聲色的時候並不代表她不知情，而是一場無法預料的風暴正在醞釀中，在風雨來襲前，想想該如何面對自己的行爲吧！

傷心

兩千年我們一家在大陸開始了半移民的日子，全家人在新而陌生的環境中摸索學習前進，外子要應付與台灣井然有序完全不同的大陸化階級制度，他在眾人一路睥睨斜視中，披荊斬棘衝撞出一條路，如他所言，彷彿回到大學當橄欖球隊長的時代，抱著球正面迎向不停攻擊他的對手。

我望著他因疲勞而浮腫且驟然衰老的臉，不停的提醒他：「不要被這種變形的制度將自己的人格扭曲，別失去了做人的本質。」畢竟我們還是要回到台灣的，不是嗎？

孩子們則是天眞可塑性極強的，他們就像草地上的幼草，風來偃之，無論風向爲何，慢慢地都能找到好的角度，適應環境的生存下去。

寒假，我帶孩子回台灣，像一組泅泳歸潮的魚兒，因爲無法抗拒的環境在呼喚我們，順著海流，毫不猶豫地收拾行囊朝來的方向游去，在飛機下降著陸的瞬間，淚水盈眶，我倏地了解遊子返家的感覺。

但是離開近半年，一切彷彿變得陌生，我遊走在家門附近的巷道內，看著來來往往的人群，覺得自己的節奏似乎和他們有點搭不上，如同經歷了長長的冬天，好不容易盼到了可以下泳池，身體隨著泳池中的水載浮載沉，等到適應了水溫，深吸一口氣，將頭整個浸入水中，透過泳鏡，泳池裡剎那間成了另一個粼粼淡藍的世界，然後屏住呼吸，隨著肢體的節奏，抬頭吸氣，低頭吐氣向前滑行。

我以這樣的速度，時而潛伏於遙遠的彼方國度情境，時而抬頭吞吐著台北的氣息，在稀疏的人潮中，向前滑行於似曾相識的庭里小巷。

走進便利超商，拿一罐保溫的熱咖啡，天知道我除了在咖啡店小憩之外，於別處絕不飲咖啡的，是為了思念繁華時日的情調罷了，收銀小姐還是那位罹患腦性麻痺，講話有些吃力卻服務態度絕佳的小姐，我如同見到老朋友般對她笑了笑且安心的付了錢。

啜飲著繁華末代卻又落寞無依的歐洲世紀情調，走進賣保養品的美容小舖中，小姐認不出我來，自知閉關半年，如同禁錮在層層冰封底下的自己早已消瘦憔悴得不忍攬鏡自照，只好先開口問她，生意如何？

果然她定睛認出我來，直說我瘦得好難看，減肥不能減到臉上，否則會整個老掉，我苦笑不予反駁，就讓她當作我在減肥吧！

然後她大嘆，生意明顯地變差了，以前小姐太太們來買保養品、化妝品，經過她的大力推薦，都會再多帶一、兩瓶，現在來買只買必要的、欠缺的，其餘則能省則省，身邊有現金最重要。

離開了小舖，路經熟悉的眼鏡行，原來顧客挺多的店裡，卻是冷冷清清的沒生意。

我像是山上睡了一個晌午，在人間卻已千百年的樵夫，踽踽獨行於如此熟悉的巷道中，卻在時移已久的空間中，目不轉睛的看著這一切，不到一年啊。爲什麼經濟就衰竭了呢？爲什麼店家都深怕我這外鄉人不知情似的好認眞地告訴我，生意大不如前？爲什麼同學的哥哥、學長的弟弟、鄰居的兄弟都因遷廠、減薪、裁員，被迫失業呢？

他們都會在談話總結說：「你們走的時機最好，既沒有被國內的經濟影響，又可以到大陸多賺些薪水。」

一個原本富有的國家突然縮衣節食，叫苦連天，一群原本輕鬆渡日的人民突然在一夕之間愁眉苦臉；一個在山上貪睡了一覺的樵夫，下了山卻發現世上面目全非已千年，你想，他會覺得自己好幸運嗎？還是一回頭已百年身連自己是誰都不知道的好悲哀？

回到大陸，公司的司機聽我們聊到台灣的經濟，趁外子下車買東西時與我閒聊，我說：「台灣經濟垮了，我先生好傷心。」彷彿我們在此時出走，眞的是有點難辭其咎的難過。

「他有什麼好傷心的。」司機問。

我望著兩百公尺外的外子，以及他那一頭蒼白斑亂的頭髮，手上提著剛買的粥，在等著老闆找錢，耳邊閃過這句大中國主義的話語，我們知道事實，經濟蕭條、政治動盪以致產業西進，是生存的另條生路，因此間接的壯大了中國，也是不得已的事實，我們只是不夠現實，總是忘不了千年前所經歷的那一場牽牽絆絆，糾纏難解的山下人事。

搶案

雖說霞姐對自己家鄉的治安非常有信心，深信這個鎮上絕少有作姦犯科的人，但那只是她針對本地人一廂情願式的結論，對外地人，她就沒有把握了。話說回來，外地人湧入這裡尋找打工的機會，人數非常的多，所以我們對大陸的治安還是不太有信心。

常常有傳言說工地附近或人煙稀少的道路上，會出現摩托車將行人或騎單車的人推倒，進而行搶，或是混在人群裡扒竊，這些都是發生在離工廠不遠的地方。

有時我會在早上晨跑，尤其時序漸入夏季，天亮得早，五點半我就會準備妥當沿著廠區外圍的徒步區跑步，雖然廠區都有保安站崗，我還是在脖子上掛了個哨子，以防眞有歹徒行搶時可以起嚇阻作用，並且還在口袋裡放了一百塊人民幣，避免讓歹徒做白工，因爲這代價很可能就是殺身之禍。

就這樣惴惴不安，眼神四處觀察的跑著，跑到最後自己都覺得痛苦，爲什麼一場美好、寧靜，可以獨自沈浸在節奏與韻律中的慢跑，要搞到草木皆兵，神經錯亂的地步？這樣運動是不是強壯了身體卻損壞了腦神經？

尤其是跑到另一邊種滿楊柳的溝渠路上，原本美則美矣的道路由於沒有太多人跡，又加上整排楊柳的遮蔽，那樣靜默而森然的長長道路，彷彿有什麼神秘的事物或動靜在深處啞然地凝視著我，所以我每次跑進這條路都膽戰心驚、瞻前顧後，跑了兩次，我就放棄再跑這條道路。果不其然，兩天後，聽說晚上八點多一個在這條路上騎單車的人被搶。

我的感覺果然應驗了，從此，我只跑寬敞明亮的道路，既無車輛又有保安站崗。大膽，有時是一種冒失，人在異地，還是多加小心為上。

去年冬天，快要接近春節的時候，外子就叮嚀我晚上少出去走動，許多外地人在年關將近之時，會興起搶一票回老家的念頭，做了一票，跳上任何一輛車，誰也查不出他的蹤跡，他可以和家人過個充裕的年，好過孤單又貧窮的待在異地，只能想念故鄉卻無錢返家和親人團聚。

就在這個時候，台灣的幹部三個人進城逛街，由於其中一人總是不放心將證件和現金放在宿舍裡，他就隨身攜帶在手提包中，是夜他們三人並排走在大街上，他提著提包走在最外側，才一眨眼，一輛摩托車從他身旁呼嘯而過，整個手提包就被劫走了。

愈是不放心，愈容易被劫，這下不但損失了好幾萬的現金，更麻煩的是遺失的護照和台胞證。一般而言，大陸人不會在逛街的時候還提個公事包在外頭走動，再看他們的穿著打扮與講話的口音應該是外地人，於是輕而易舉的打劫成功。

另一名派駐大陸已經四、五年的老鳥幹部，前次在澳門入關時被扒了皮夾，除了現金損失之外，所有的信用卡都遺失了，等到下個月接到銀行寄來的帳單，一共是台幣三十萬，高明的扒手在他尚未發現皮夾被扒的時候，信用卡來不及止付，就返回澳門把他的金卡刷到最高額度，害我們看到他就幫他心疼。

和朋黨們常到廣州去玩，行走久了就發現其實廣州的交通很發達，不但公車路線多，計程車也很方便，再加上貫穿東西區的地鐵，更增加了快捷方便性，趁著外子和同事們到廣州辦事，我跟著便車想一個人去闖蕩看看。

我跟他在定點分手，搭上地鐵，前往我要去的玉器街。

我悠閒的進了地鐵，看著形形色色進出的人們，覺得一切如常，我擁有同樣的黑髮黃皮膚，穿著簡單又不引人注目，語言文字相差不遠，完全沒有以往在異國時的拘謹緊張，而且，這個城市仍然有它迷人之處，一個擁有兩千多年歷史新舊雜陳的城市，我可以好自然的融入當地的生活，不是嗎？

快速而熟練地找到地鐵往下九路的出口，我遊走在古舊而質樸的街道上，看著兩旁商家在販賣的各式物品，一片庶民景象，能夠如此自由自在獨自品嚐春天的異地陽光，瞇眼看著天上的雲飄過高大而細碎的樹葉，我差一點就要在巷弄中跳起舞來了。

接近玉器街時，卻突然看見一幕戲劇化的衝突發生在眼前，兩名肥胖男子從商場裡追著一個著藍衫的男人出來，其中一個肥男人逮住了他，硬將手伸進他的褲袋裡，嘴裡喊著：「還差我十塊錢，快拿出來！」被捉住的男人直說：「給你了，剛才就給你了！」說完了轉身要跑，另一個肥男人掄起拳頭往他頭上打了幾拳，看他還是不肯就範掏出錢，就一邊撿起地上的石頭繼續追打他。

流動的人們在這時也形成了一圈的人牆，我被這個毫無預警的事情驚得獃住了，站在角落裡，那畫面突然變成了下一刻的我，在贗品與欺騙充斥的玉器街中，因爲形單影隻而被設計，但是孤立無援的我只好將身上財物悉數交出，任何一個想要訛詐我的商家，有可能因爲與我談不攏價格，爲了十塊錢就可以將錯誤賴到我身上，進而成爲他們的待宰羔羊。

這樣恐怖的想法使我原本輕鬆的心情頓時消失得無影無蹤。更慘的是，我變得裹足不前，連提腳的力氣都消失了；再加上剛才的混亂並沒有因爲保安的出現而停止，肥男人再接再厲的撿起原本要鋪設人行道的地磚，準備砸向藍衣男子的腦袋，我看著嘴角流血的他轉身逃離已經抓住他的保安，一溜煙的往巷子裡逃逸無蹤。

我好不容易的鬆了一口氣，萬分想念原來出發的地方，腦海裡儘是罵自己太傻，怎麼敢一個人好天眞的在廣州晃，又想到若損失的不只是錢財，而是被殺被打，進而棄屍於這個不明的城市裡，又有誰能找到我呢？

還沒到約定的時間，我就回原地等外子和他的同事，後來他的大陸女同事告訴我，前不久她穿著公司的制服到廣州辦事，大雨滂沱中她撐著傘行走在中山六路上，一個男人倏地將她肩上的皮包搶走，她連喊叫的時間都沒有，搶匪早已消失無蹤。

我看著身高一百七十公分的她，回想剛才的那一幕，外子仍然在一旁不知在說些什麼，在黃昏的天光裡，我突然生出一種恍如隔世之感。

儉約生活

在大陸，若非身處經濟發達的大城市，一般說來，升斗小民的消費能力並不強。住在鎮上的本地人雖然也有地主——土地被建商收購建蓋大樓，可以分到一些樓層進而讓自己生活富裕的人，但大部分的人，都是從內地出來打工的員工，這些人一個月工資六、七百元，住的是小小的宿舍，房間裡擠了十個人，僅有的活動空間就是自己的一張床，生活得極爲節儉。

我和朋黨們以前都是台灣的上班族，若遇到六字頭出生，且在股票上市公司待過的太太，血拼的能力更強，一個名牌皮包兩三萬砸下去毫不眨眼，在台灣喜歡到「第凡內」看看珠寶，老想在特別的日子，選一樣飾物來犒賞自己，但是到了大陸，我們的行爲和想法都漸漸改變了。

原因無他，就是看到十七、八歲花樣年華的員工，一日三班的加班，或許只能拿到一千出頭的工資，吃穿好節省，穿的永遠是一件制服，一條長褲和一雙涼鞋，等存夠了錢，或許可以一年回家鄉一趟，有些人爲了攢錢，兩三年沒回去也算平常，就如同他們常說的，一拿起話筒，聽到遙遠故鄉親人的聲音，眼淚就要掉下來。

剛來時，覺得錢好好用，計程車只要幾元人民幣，洗頭十元，一碗粥只要三元，加上人民幣的幣值較高，所以看到相同東西卻只要幾元的單價，就覺得好便宜，在這裡洗衣、燒飯都不用自己動手，不啻是少奶奶的天堂。

一開始過這種隨意花錢也不覺痛的生活的確是很愜意，但是日子久了，這種用錢買享受、買快樂的日子畢竟是不適合我的，我是在這裡生活的人，若是要過生活，應該要體會生活的況味才是，而不是一天到晚高來高去，過那種不切實際、華而不實的生活，那種空虛的感覺讓我像失去重力浮懸在現實的土地上，看不到未來也碰不到過去，而「現在」，只是一片空白。

我開始帶孩子到附近晃盪，也到員工宿舍外的商場買生活用品。看到一個婦人在賣餃子，腳踏車上架著一個放置餃子的木板，後座放了個正在煮水的瓦斯爐和一個大鍋子，腳踏車旁放著瓦斯桶，就這麼靠在路邊賣給下了班的員工們，看到我探頭探腦的看她下餃子，她很積極的招呼我，我問她怎麼賣，她操著北方口音說：

「十二個餃子一塊五毛錢。」

我聽了愣愣地看著餃子們，心裡很快的盤算卻無法作聲，心中百味雜陳，好難賺的錢啊！看她那張被太陽曬紅且略爲粗糙的純樸的臉，我點點頭，走開了。

我想到台灣的家中堆積如山的衣服，衣櫥門一開彷彿要山洪爆發的物資過剩景象，每次瞞著外子拿一些完好卻過時得沒穿過幾次的衣服，到愛心回收箱去丟掉，以及似乎永遠逛不完的街、穿不夠的衣衫，還有和朋友聚會都要找那種沒吃過的高級餐廳，點一堆菜和吃得肥脹的肚腩，眞是在作孽。

慢慢的，我們也開始簡樸起來，衣服非必要絕對不買，鞋子必須等到換季否則絕不多買，原來剪髮二十五元的換到十五元那家，需要買票的有氧舞蹈不跳，改以慢跑取代，生活用品，如果台灣有就儘量趁外子返台時帶來，不然放在台灣也是一種浪費，出遠門改搭中巴，絕對不要包車，沒有道理別人在勒緊褲帶我們還在揮霍無度。

於是，原來逛名牌買珠寶的太太也改變了，名牌不買，改到深圳的羅湖商業城買仿冒的名牌涼鞋來穿，一雙一百多元（雖然於我而言仍然嫌貴），買布料回來給鎮上的裁縫店老闆做，布料二十元，工錢二十五元，一條簡單大方的裙子只要四十五元，穿得既安心又滿意。回到台灣，眼睛雖然會不由自主的想欣賞名牌服飾所散發的高級味道，但是，眞要我們掏個幾萬塊來買已經是不可能的事了。

生活的簡單樸實，是來到大陸幾近一年的我，最大的收穫。

雖然大陸人對貧富差距早已習慣了，他們的眼神都在追逐富有、特權的階級，那種追求靠近的意念會令人明顯的感受到，使得台灣人不由得膨脹自大起來，說話開始有力，走路有風，但那都是一種虛榮的假象，有錢並不代表你就可以說話大聲、行爲狂妄，只是在從來沒有享受過有錢滋味的大陸人眼裡，這些都促進了他們追逐的意念與力量。

他們表現得最直接的就是「先敬羅衣後敬人」的態度，但是我認爲，如果入境隨俗的順應他們的潮流而爲，反而是「大陸化」的倒退行爲，他們愈是打量我的休閒式衣著（他們認爲是隨便），我愈是輕鬆自在，或許他們會認爲台灣人怎麼會這樣不重衣衫，這反而是我想表現出來的想法，台灣人不是每個都財大氣粗，頤指氣使的，就好像有人質疑我爲什麼不讓孩子唸一學期一萬元人民幣的貴族學校，台灣孩子就應該唸那樣的學校啊？我不以爲然，爲何要把大人一切向錢看齊，將一切物質化的觀念加諸在孩子純眞的心靈裡？我們不是一直強調崇尚自然、無爲的生活哲學嗎？爲什麼到了大陸卻要追隨他們追求特權、物質的反其道的行爲？

其實，脫下「台灣人」目前還算光亮的衣衫，不都是一樣的？只是誕生的國度不同，生命的意義與價值觀就截然不同。

外子常說台灣女人眞是好命，工廠裡的白領女職員，相貌、學歷、聰明才智與我們不相上下，打拼的程度卻遠遠超過我們，每天做到晚上十一點才下班，回到八人一室的小宿舍裡，從來沒叫苦，領的薪水卻只有我們的三分之一，反而是台灣的女生喜歡享受，花錢容易，稍爲多做些事就又氣又煩的，儼然成了「生命中不可承受之輕」。

我想，我們不能再說誰叫他們國家窮又落後之類的話，如果不在意大陸新一代的年輕人肯拼、肯學習的態度，只是以爲自己還很超前的表現出特權階級、高高在上的不在乎或浪費的行爲，就會像一個派駐到大陸的台灣年輕工程師所言：「好可怕，我看沒多久，我們就要被這些大陸工程師幹掉了！」

反璞歸眞，節約生活，無論在生活上或工作上，這都是當務之急。

孩童篇

台灣孩子在大陸

讓孩子到大陸受教育，是許多台灣父母深感頭痛的問題，我碰到幾個來探望先生的台灣太太，她們不能來的原因，就是怕孩子不能接受大陸的教育制度，有的孩子已是小學高年級，或者已經上國中了，先不談繁簡字體的問題，他們一聽到要離開原來的同學與學校，到大陸這樣的地區，就很有主見的說「不」。讓原本就充滿掙扎的媽媽也無法堅持要他們來，許多狀況下，媽媽就爲了孩子繼續留在台灣。

也有的情形是，孩子在台灣有親人照顧，媽媽也在先生的公司裡工作，父母就和孩子分居兩地，等孩子放寒暑假時再來大陸住一兩個月。這樣的情況，媽媽雖然掛念孩子，但至少台灣有信任的親人，孩子的年紀較大，也比較具有獨立自主的能力，兩方面都會比較輕鬆。

總而言之，孩子的年齡和教育問題常常是左右爸媽能否相聚的關鍵，我雖然有千萬人吾亦往矣的憨膽，但當我碰到問題的時候，才知道問題不簡單。

我所居住的地方離廣州尚有一段距離，雖說是個小鎮，但也有兩所公立學校，小鎮離市中心約十分鐘的車程，市中心有兩所一級的私立小學（也就是所謂的貴族學校），尚有其他私立小學零星的分布在鎮的周邊。

就我所知，以市中心的一級小學而言，入學新生要經過學力測驗，測驗通過之後還要繳三萬元人民幣的「建校費」，這是公定行情，要進這樣的小學就要付出這種代價，算是入學的門檻；不論你轉進一年級或是六年級，建校費都是三萬元，不會因為你只唸一年就打折！後來聽當地人說，其實三萬元還要加「X」，什麼意思？就是孩子可能測驗未通過，或是想擠進去的人太多，就要付這個未知數的金額，且看你透過什麼樣的人際與關係，來決定這筆錢的多寡。

另外就是位於東莞的台商子弟學校，和廣州的國際學校，但這兩個學校都必須住校，我的孩子才二年級，獨自照顧自己的能力都不夠，更何況心智發展尚不穩定就要離開父母，無論條件多好，我一律不考慮。

我和我先生都是公立學校的學生，他更是從小一路到大學唸的都是公立學校，反諷的是我還比較高級一點（也就是花的錢比較多），唸的是私立大學；說穿了，高級的定義不在錢的多寡，而是比較不會唸書。我們都希望孩子跟我們一樣腳踏著土地生長，若只是被眾人捧在半空中，完全沒有支撐點，再多的堆砌吹捧也沒有意義。如果說大陸的教育就像三十年前的台灣一樣，那我們不也是那個時代下的產物，我們也都自食其力過得心安理得，不是嗎？

於是我們找了一個離工廠較近的公立小學，它不是一級「重點」學校，一九九六年才成立，樹小牆新，一個年級只有兩個班，算是一個迷你小學，學生家多住在工業區內。我想，讓孩子進入精簡一點的學校，學生的數目較少，適應起來才不會壓力太大。

我們找了個時間拜訪校長，校長是個短小精幹的廣東人，有著廣東人高鼻深目的特徵，他說這是第一次有台灣的學生就讀，我們繳了七百元的學費，以及分學期攤繳的二百五十元建校費用共九百五十元後，接著要登記妹妹的姓名編班，他打開台胞證一看，說：「她現在要唸一年級吧？」

我說：「不是的，她在台灣已經唸完一年級，現在要唸二年級。」我趕緊拿出台灣小學的轉學證明書給校長看。

雙方雞同鴨講了半天才知道，大陸是七足歲唸一年級，比台灣的一年級大了一歲，而台灣的一年級則是大陸的「學前班」。學前班即是介於幼稚園大班和一年級之間，學的是基礎的漢語拼音與數學。

這下子大家都愣住了，先生強調一定要唸二年級，否則將來回台灣唸書時不是降級了嗎？校長強調，孩子差一歲的發展可能就差了一大截，況且妹妹連最基礎的漢語拼音都不會，要如何唸二年級呢？我這個做媽媽的夾在中間好生爲難，基本上校長說的是事實，可是先生講的也沒錯，最怕的還是妹妹適應不過來，大人談的是大人的想法，有切身之感的、要唸書的可是妹妹自己啊！

就這樣妹妹在爸爸的堅持下懵懵懂懂的進了二年級，爸爸一直對妹妹有信心，卻苦了我和妹妹，先說漢語拼音就得重頭學起，ㄅ是〔b〕，ㄆ是〔p〕，ㄓ是〔z〕，ㄤ是〔ang〕，平上去入四聲則標在韻母上，例如：「周」拼成〔zhōu〕，o和u是兩個韻母，「一」聲的韻母須擺在o的上方，而非u的上方，這些都是有規則的，別說是小孩子，連我這個大人都要想一陣子才能將三十七個注音轉化成漢語拼音，更何況還有拼音最長的單字，是由三個字母或聲母或韻母拼成的。

我到書店買了一本印有圖畫的拼音本子先自行研究，有不懂的地方再去問老師，還買了一片教導拼音的VCD回來看，大約有了概念時再教孩子不停的練，我想學習語言文字別無他法，唯有透過不斷的說寫才能達到功效。

禮拜六不用上課，我和老師約好禮拜六送妹妹去老師家補拼音，學期末再貼幾百塊人民幣給老師。很幸運的是，我們碰到一位熱心又有愛心的媽媽型老師，剛開始妹妹不願意一個人和老師相處，吵著要回家，老師就帶妹妹去公園裡玩，去商店買零食安撫妹妹，妹妹才願意留下來補習。

接下來又有好多的功課要寫，在大陸升初中要透過聯考，所以成績最重要，妹妹是個慢郎中，寫字已經夠慢了再加上一堆拼音要拼，每天都寫得好晚，並且邊寫邊掉眼淚，我看了實在於心不忍，最後都叫她去睡覺，我來幫她寫，不這樣做妹妹的身體實在會吃不消。

數學方面，大陸的進度比台灣快了一至兩個學期，當妹妹還在學十二加五等於幾時，她班上已經在算二十五加三十八等於幾了，過了一兩個星期就是連加減乘除一起來了。數學是急不得的，正確的觀念比一個勁的蠻算來的重要，還好妹妹是低年級，我那差勁的數學能力還應付得來，加上妹妹遺傳到爸爸的數學細胞，這方面還算跟得上。

剛開始老師都會著急的勸我爲什麼不讓妹妹上她該上的一年級呢？幹嘛讓她這麼吃力呢？我陪著笑臉，很不好意思的說：「老師，我家妹妹但求跟得上，成績維持在七十分就可以了。」

老師頓時瞪大雙眼，暴吼一聲：「那怎麼行！」接著說：「每個年級每班的成績都要加起來平均，之後要跟別班比，再跟別校比的，你有沒有看到鎮上掛的紅布條？今年初中考試，狀元就出在我們學校。」

至此我才知道，升學壓力之大，國小二年級就要枕戈待旦，能當害群之馬嗎？我慶幸自己選了這家未列入排行榜，名不見經傳的學校，如果當初進的是市中心的名校，恐怕不是我和妹妹精神崩潰，就是被逐出校門；講出這樣自甘墮落的話，恐怕全校只有我一個。

一個月後在我和老師的全力輔導下，加上妹妹還算聰明的資質與累得要命的壓力下，漸漸上軌道，外人看到我們好似輕鬆糊塗的度日，他們並不知道做老媽的是每天拿根棍子在妹妹身後又揮又叫的，以及妹妹熱淚灑落簿本上的痛苦，箇中的滋味，唯有母女倆知道。好在痛苦的時候已經過去，現在妹妹寫完功課，要玩要看電視都隨她高興，無聊了我才拿出台灣小學的二年級國語課本，叫她學寫生字，帶來的評量就丟到皮箱裏。難道還評量的不夠嗎!?

弟弟的問題就好辦多了，他上的是當地的幼稚園，廣東人學習普通話的速度，比起其他省份來說算是慢的，不知是土根性強還是我們的小鎮屬於鄉下地區，學校生活方面幾乎一半的時間是以廣東話來交談。由於弟弟的同學年紀小，都不太會說普通話，有一次去接他的時候，只見他一隻手支著頭，不知是在睡覺還是在發呆，雖然學習手冊評量的學習效果不佳，我也不介意，鴨子聽雷，剛開始不佳是正常的，聽久了也會學著隆隆叫兩聲，有時聽他們姐弟倆用廣東話交談，雖然只會說兩三句，童言童語的，也算是一種收穫吧。

其實孩子的適應力遠比大人想像得快，或許當我們還在擔憂的時候，他們就已經發展出自己的生存哲學，趁孩子還小的時候來學習適應環境，比較容易進入狀況，如果仍然猶豫不決，天人交戰的話，一晃眼時間又過去了，小孩子又大了一歲，更讓人下不了決定。別忘了，時間是不等人的！

補習

學齡的孩子來到大陸，最先碰到的就是課業上的問題，一般而言，老師會看在台灣人的分上，或多或少的通融些，不至於一開始就要求太高，且低年級的小朋友，還是以語文、數學爲主，只要能將這兩科擺平，其它方面倒也不難。

我家妹妹除了剛開學的兩個禮拜，中午休息時間讓老師輔導，之後就是每週六到老師家補習整日，並在老師家吃中飯，我開宗明義的問老師鐘點費如何計算，老師卻直著嗓門，深怕別人不知道似的直說不用，我想到台北的安親班一個月也要五、六千塊台幣，如果是計時收費的托管則費用更高，便執迷不悟的要老師說出價碼，得到的結論仍是：「不用。」

我狐疑且不安的回去問霞姐，霞姐說：「我們這裡的老師是不能收錢的，他本來就有責任把孩子教好，而且班上的成績提高了，他還有績效獎金可以領哩！」但我認爲吃了老師一頓飯，於情於理也該多少給些，「那你就一個月給他幾十塊就好了。」霞姐說「這麼廉價啊！」我心想。

後來我帶妹妹去學校的音樂老師家練琴，在台灣練了一年的琴，如此中斷了甚爲可惜，本來要帶她去鎮上的鋼琴教室學琴，一個禮拜一天，一次學一個鐘頭，學費是六十元人民幣，若是家中沒有鋼琴，可到琴室租琴，每天練一個小時，一個月三十次收費人民幣一百元。這樣的收費與台灣動輒八百、一千的費用相比的確便宜，況且這裡的師資都是音樂學院的本科生，大陸的基本功要求的程度也高，比較起來是划算得多，但是因爲交通不便的關係，就改到離家近的老師家練，老師看在自己學生的分上，一個小時只收三十元人民幣。

音樂老師是個外地人，湖南音樂學院畢業，眼光精敏，是個很會動腦筋想辦法的人，他還曾經到當地酒店的Piano bar兼差過，後來因爲被學校知道，因著老師不能兼差的理由才沒繼續做。我和他聊到妹妹的班導眞是個熱心的人，妹妹星期六不但去補習還吃一餐，後來同學的人數增加到八、九個人，老師說有些家長星期六要上班，沒時間看孩子，就帶到她家裡請她幫忙看功課，「這麼好的老師在台灣都快絕跡了。」我說。

音樂老師睨著眼看我，原本笑容可掬的臉漸漸浮上一層輕蔑和不信任的神情，他說：

「陸老師是義務帶的？她跟你這樣說？」我說是啊！他冷笑了兩聲，我愣愣的看著他，心想他該不會跟陸老師有仇吧？怎麼一副妳殺了我也不信的樣子！

有天妹妹回家告訴我班上換位子了，我沒什麼注意的應著：「跟誰坐？」，問了也是白問，因爲她入學沒多久，誰都不熟，倒是剛買菜回來的霞姐機警的一個箭步過來，問妹妹：「坐第幾排？」妹妹應道：「坐第一排。」霞姐很滿意且旗開得勝的看著我說：「好、好，坐第一排最好！」

我說：「坐第一排很正常啊，妹妹在台灣時就是全班最矮的，現在又算跳級唸，同學的年紀都比她大，肯定是坐第一排，好什麼好？」恨妹長不高本來就是我這個做媽最大的痛，霞姐說這什麼話，刺激我嘛！

霞姐看我這種不知感恩的態度，高聲說道：「在大陸能夠坐第一排是不容易的事啊，那是老師看中妳，喜歡妳才能坐的哪！」

我聽了又覺一陣昏眩，在大陸講階級，講特權，沒想到連學校的座位也扯得上這些，眞是讓人好氣又好笑。

學期末，全校都進入備戰狀態，畢竟期末成績佔的比重最大，老師更是卯足了勁增加學生的考試能力，就在期末考的前一個禮拜六，我準時去老師那有著三層樓的家中接妹妹，大門沒鎖，我兀自拾階而上，妹妹看到我就準備收拾書包，卻沒看見老師，只聽到三樓傳來一陣像在爭吵似的廣東話，我望向聲音的出處，原來是一個學生的家長正要塞補習費給陸老師，兩人一陣妳推我就的，老師就把錢收下了。

我想起霞姐的話，這下子我糗大了！下個禮拜考完期末考就放假了，又不可能拿錢到學校給老師，現在身上又沒帶錢，只好摸摸鼻子下樓，出得門看見一個媽媽騎在機車上，低著頭算錢，算好了將錢揣在口袋裡，準備去樓上接孩子，我湊過去問：「要給多少錢比較好？」她說她一個親戚也在當老師，她問過了，由於一個月只有四次，所以給五十塊就夠了，一個學期就給兩三百塊囉。

我幫陸老師算了一下，十個孩子可收兩、三千塊，老師的薪水一個月是人民幣一千五百塊左右，一個工人一個月的薪水約六、七百塊。嗯，其實補習費還挺好賺的！

這學期公司同事陸續帶來幾個台灣孩子要入學，讀的是另一所公立學校，則是從禮拜一到禮拜五，下了課就直接到老師家補習。相較之下，他們的媽媽是比我當初自己教妹妹要輕鬆多了，只是她也焦急的跑來問我（畢竟台灣的補習費太高了）：「我要給老師錢，老師都說不用，可是每天這樣補也補得不少，到底要給老師多少錢才好？」

我想起音樂老師那張譏誚的臉，不給是不可能的，但是比起台灣高昂的師資費用，幾百塊人民幣還是划得來的，不是嗎？

孩子的學校生活

晚上陪孩子睡覺時，聽到以下的一段對話。

妹妹說：「弟弟，你有沒有吃過草？」

弟弟說：「沒有。」

妹妹說：「我今天在學校有同學拔草給我吃喔，把綠色的草拔開，吃下面白白的地方，甜甜酸酸的，很好吃喔！」

我的嘴角慢慢綻開一朵笑容，我聽妹妹講的像是我自己的童年，幼時的我們沒有太多的玩具，只有週遭的花草樹木，蟲魚鳥獸可以利用觀察，除了吃草莖，我們還會到大片野草地裡尋找紅紅小小爬匐在地上的野莓吃，在盛夏的炎熱日頭下，將扶桑花拔下，吸食花末的蜜汁，在物資缺乏，零食鮮少的年代裡，野花野草都成了最佳的天然食品。

在目前空地稀少的台北市，若能找到一方足以休息庇蔭的所在已屬幸運，又怎麼可能隨意攀折花花草草。當時我們唯一的快樂，就是撿拾附近鄰居的大庭院中，生長過盛探頭出來的雞蛋花。一到初夏，雞蛋花掉落地上的時節，我們就會將它一朵朵的撿起來，帶回家洗淨，或泡在浴缸中成爲美容洗浴聖品，或泡在茶中，成爲茉莉花茶的另一項代替品。

如今妹妹也成了大自然的一員，恐怕要拜地方空曠，資訊不發達之賜，才讓妹妹這個台北孩子享受到這種有錢也買不到的獨特經驗。

有時我們也會看到許多大陸人或坐或臥的在安全島的草地上，或是等車、聊天，孩子們剛開始看了都很疑惑，怎麼可以坐在草地上呢？不是要愛護草坪嗎？草裡不是有蟲子嗎？衣服不會髒嗎？

過了一陣子，妹妹很高興的跑來告訴我，她下課時也和同學躺在操場旁的草地上，一邊聊天，一邊看天上的雲：「很舒服耶。」她說。

我看著她班上的同學，大都皮膚黝黑，眼神晶亮，個個都瘦，不像台北教室裡的一些小胖子，他們的身手就眞的是矯健俐落，登高跳下無一不帶著土生土長的大地之氣，靈活又帶些野氣，妹妹在他們中間就像隻馴化過的小動物般，少了股瀟灑潑勁。

但是爲了適應環境，並且環境也影響了她，她逐漸喜歡和班上的同學一樣，體育課時，把每天上學穿的涼鞋一脫，赤著腳跑在鋪著黑沙的運動場跑道上，要她穿運動鞋上課，她還不願意，問她腳不會痛嗎？她說只有剛開始覺得腳刺刺的，後來就習慣了，她並且回到家說服弟弟和她一樣做個赤足天使，光著腳在宿舍的廣場前胡跑一通，然後氣喘噓噓的告訴我：

「今天體育課老師要我們跑運動場八圈，我跑的臉好紅喔，而且是最後一名。」

飼料雞當然永遠比不上土雞，但是如果飼料雞能和土雞在一起多運動，多少也可以彌補增加一點吧！

妹妹說，班上的男生會捉弄女生，我問她該怎麼辦？「那我們三個女生就會衝上去一起用腳踢那個男生。」她甚至比了個極具狠勁的踢腳姿勢給我看。我看著妹妹白白嫩嫩的腿，好像不再那麼文弱稚嫩了，心理倒覺快活多了！

體能方面看來似乎是開放多了，但是上課一段時間，妹妹回到家都會像騎在馬背上似的在房間裡兜圈子，手上並且揮動著紅領巾，嘴裡哼著一些聽不懂卻又好大聲，唱得慷慨激昂的歌，聽起來好不嚇人。

我被她又跑又吼的受不了，問她在唱什麼，她說學校教的：「紅軍不怕。」

內容不外是歌頌紅軍的歷經艱辛，終於堅忍不拔的打了勝仗，妹妹唱到最後一句，都要扯開喉嚨發自丹田的大唱：「盡凱旋。」每次唱完這一句，總要讓我從連續劇裡抬頭白她一眼，而她也才心滿意足的結束這麼能讓人宣洩感情的，像軍歌一樣的「紅軍不怕」。

每天回來就要如此著魔般，激動的唱個兩三次，我都會勸妹妹可不可以不要再唱這種令我毛骨悚然的歌，我還請她回憶一下台灣的兒歌，或是唱唱阿妹、小齊的歌也好啊。她卻一點興趣也沒有的拒絕我，我常想，是不是班上老師和同學一群人大合唱這種令人群情激憤的歌，那種亢奮的效果讓孩子感受深刻，才會唱個不停。

愈唱愈亢奮之下，有天我發現，正在收拾東西的我居然也不知不覺的跟著妹妹抑揚頓挫的唱了起來，一旁玩玩具的幼稚弟弟也很有感覺的加入我們，才知道唸中班的弟弟也已經在教唱這首歌了，我猛然閉上嘴巴，驚覺自己怎麼也被「統戰」了。但是看孩子唱得臉紅脖子粗，額上青筋暴露的激情貌，也覺得好笑，於是在最後結尾時，我也鼓足力氣的大唱：「盡凱旋。」三個人都宣洩過般心滿意足的笑了。

和台灣的老爸通電話講到孩子的怪異模樣，但覺可怖又可笑，心繫「祖國」的老爸，聽了反而覺得理所當然。

「大陸本來就會教唱軍歌的嘛！有什麼關係。」（眞懷疑吃國民黨奶水長大的老爸，怎麼愈老愈國共不分了。）

而台籍老媽則是覺得只要嬰仔身體好好，沒破病，吃的下睡得著，管伊唱什麼歌攏沒要緊啦！

至於住在世界大熔爐紐約，也有兩個孩子且拼搏美國職場十餘載，手下就有兩個大陸人，位居「領導」的老姊則笑著說：「你們妹妹可以改名叫阿紅，弟弟改名阿軍之類的名字，他們大陸人最喜歡取這種名字了。」

對於老姐這番「建言」，本人只能說：「敬謝不敏」。

紅領巾

隨著時間的流逝，妹妹在學校的功課上，差不多一個月的時間就趕上了進度，在語文方面，首當其衝的漢語拼音，是老師、妹妹和我三方面的困擾，尤其是妹妹幼稚園上過英語課，雖然並非雙語幼稚園，但仍然有安排教唱的課程，耳濡目染之下，多少有點記憶。是以當m這個符號出現時，她會懷疑，爲什麼小時後唸〔ㄟ母〕的符號，到了大陸要唸〔ㄇ〕呢？而這個和注音〔ㄇ〕唸法一樣的符號，爲什麼和台灣的〔ㄇ〕長得不一樣呢？

如此混淆之下當然是滿肚子的不解與懷疑，一邊看到老媽也吃力的探索符號代表的新意義，拼拼湊湊的拼對了一個字之後，尙有四聲的標示法需遵循，這套藉羅馬拼音的符號，而發音以國語注音爲主的拼音法，就是「漢語拼音」。

所以當台灣幹部和大陸職員聊到ㄅ、ㄆ、ㄇ時，聽到大陸員工說：「我們也是學ㄅㄆㄇ的啊。」的話時，台灣人都會大吃一驚，明明大陸人寫的都是漢語拼音，滿紙的英文字母，怎麼也有學ㄅㄆㄇ呢？其實大陸人說的是B（ㄅ）、P（ㄆ）、m（ㄇ），但是唸起來和注音的唸法是完全一致的，否則台灣人的國語和大陸人講的普通話怎麼會一樣呢？

在我看來，拼音方式與唸法對孩子的學習過程而言，並不是很嚴重的問題，中國畢竟是個有十多億人口的大國，以人數眾多的層面上，有這麼多人都在使用漢語拼音，做爲少數的台灣人，如果能多學一種語法，也是一件好事，就孩子方面而言，未嘗不是認識一種新的陌生文化的途徑。我想，到任何國家都一樣，不排斥當地的語言文化，才是最能適應環境的人。

只是讓我受不了的是，大陸的思想教育仍然停留在政治的層面上，妹妹剛進小學，由於是新生的關係，制服等了一陣子才發下來，我看看樣式，覺得還可以，就是規矩的白襯衫、藍長褲，隨後我又發現了一條鮮紅搶眼的長方巾，我瞪著那條紅得怵目驚心的布，開口問妹妹：「這塊布是做什麼用的？」

「這個不是布啦，是紅領巾，老師說上學要綁在脖子上，才能進學校。」

我的腦中慢慢浮現那些上學的孩子們的影像，果然是每個人都繫了一圈紅巾，由於質料介於棉麻之間，所以稍微摺疊，便會皺成一團，一般的孩子也不可能每天洗領巾，是以一段時日之後，原本鮮紅的領巾染上了塵污變得暗暗紅紅的，並且糾結成一條蛇般的垂在胸前。

對這種俗艷的鮮紅我本就覺得極爲刺目，又覺得上學穿戴整齊就好，不懂爲什麼不分晴雨夏冬都要纏上一條多餘的領巾，就跟妹妹說：「要進校門的時候再戴吧，現在戴上去覺得好恐怖喔！」那種鮮紅對我而言，眞是難以忍受。

就在我講話告一段落，和背著書包的妹妹走進餐廳裡吃水果時，正在吃飯的十幾個大陸幫廚們紛紛抬頭看我們，一看見紅領巾就說：「要上課啦！怎麼不把紅領巾戴起來呢？」我說：「哎呀，這紅領巾太紅了，我覺得大熱天讓小孩子圍這個在脖子上，看了實在很難受。」

此言一出，眞是刺傷了眾人的紅領巾情結，但見霞姐一馬當先的衝到我面前，直言相諫：「你知不知道，這紅領巾可是革命烈士的鮮血所染成的，是鮮血的顏色才會這樣紅。」

她一說完，我就不自覺的翻了翻白眼，一手撫著脖子，舌頭也吐了出來，一股窒息的感覺淹沒了我，彷彿革命烈士的手從墳墓中伸出來，掐著我的脖子令我無法呼吸。

主廚大群操著江西口音聲若洪鐘的說：「在我們那個年代，只有少年先鋒隊才能繫紅領巾，那是只有品學兼優，身家清白的孩子才有資格加入少先隊，一般孩子還沒有資格申請加入的哪！」

其他的幫廚們也嘰嘰喳喳的你一言我一句的附和著，一個幫手看不慣我們潦草亂摺，胡亂對待神聖紅領巾的方法，特地放下了碗筷，一把拿過紅領巾，仔仔細細折得整整齊齊，再俐落地圍在妹妹的脖子上，輕輕打了個結，最後還滿意的捺了捺領結：「這才對嘛！」然後坐回去拿起她的碗筷繼續吃下去。

我看著來自大陸各省，爲了打工而集結在此的幫廚們，雖然生活、習俗、南腔北調不盡相同，但對紅領巾的情感卻是一致無異的。

此時，我只有乖乖的帶著妹妹上車去學校，耳邊猶迴盪著大群的笑語：「太太，要是你那國民黨的爸爸看到孫女戴著我們少先隊的紅領巾……哈、哈、哈！」我心想，江蘇籍的老爸早就想回老家養老了，他才懶得管天下是國民黨、民進黨還是共產黨當家，他只求日出而作日落而息，帝力於我何有哉的安享老年。倒是我這性喜自由的媽，實在受不了有個紅色枷鎖罩在孩子的身上。

但是單純的妹妹在聽了大陸叔叔、阿姨的一番思想鼓吹教育後，對紅領巾產生了不自覺的莫名喜愛；另一方面，對於未戴紅領巾的學生，學校會派站在門口的糾察隊登記，並扣除班上的精神積分兩分，在競爭激烈的班級對抗中，實屬茲事體大，因此，爲了不做害群之馬，妹妹每天臨出門前最愼重的事，就是尋找偉大的紅領巾。

日子久了，我的紅領巾抵抗力也削弱了，反正就當成一種上學的用品罷了，只是這學期宿舍來了一對兄弟，進了另一所公立小學，但見兩兄弟抓著他們的媽媽講個不停，一邊又指著我家妹妹，不知在鬧些什麼。

他們的媽媽看著我對我苦笑道：「剛進學校還沒拿到制服，看到你家妹妹有紅領巾，他們都還沒有，就一直吵著要我先給他們做一條圍在脖子上，我四處找都找不到那麼紅的舊衣服，可以先裁下來代替……」

我聽了哈哈大笑，看到妹妹露出好生得意的笑容，我們眞是不能以大人之心度「小人」之腹啊，另一方面也不禁感嘆，風俗文化容易瞭解，可以深入，但思想改革教育，還眞令大人們苦惱啊！

認同

妹妹在小學裡，很快就交到了好朋友，一方面老師安排了一位隨父母經商在上海長大，回廣東唸書會說普通話的同學坐她旁邊，也因爲老師講課文時用普通話，一離開課文便講廣東話，因此那位同學順便充當翻譯（廣東話爲中國八大方言之一，實在是他們覺得講普通話太拗口）；另一方面也安排幾個功課比較好，也比較乖巧的同學和她比鄰，這樣唸起書來比較專心，有課業上的問題也可以直接請教。

因此，雖然剛開始被滿教室的廣東話，搞得今天作業漏寫一、兩項，明天又不知道帶什麼文具到學校，弄得手忙腳亂，但是久而久之，妹妹也漸漸聽得懂了。一次回家，我看她坐在書桌前，嘴裡喊喊喳喳的念念有詞，且一臉端凝肅穆貌，一問之下，才知道她正在背九九乘法表。而且是用廣東話背喔！聽起來還眞有趣。

但是有關課本裡的新知，倒令我有些招架不住。

「媽媽，我們今天上介紹北京那一課耶，北京有天安門廣場、故宮，還有全國最大的圖書館，老師說他有去過圖書館喔，好大、好大，一天都走不完，而且北京還有好多『立交橋』（交流道），媽媽，我們也要去北京。」

稚嫩的臉龐上，綻放著崇仰與期盼的光輝，課文中極力讚揚首都的偉大，有為者亦應親炙首都的光芒，偉則偉矣，老媽我卻沒有那種大中國情結，只敷衍地說：「好、好，等有空就去。」

此後，每當我無聊時，又拿著從旅行社蒐集回來的旅遊指南，遐想著該去那兒玩才好時，妹妹總會適時的加入：「北京、北京，我想去北京。」然後一連串的把課文中的描述訴說一遍，幼小的心靈裡已經認定，北京是最偉大的首都。

這樣的地理認知，我其實還能接受，畢竟中國地大物博，的確有這樣的實力在北京展現他的恢宏大器，雖然升斗小民在過苦日子的也很多，但是不爭的事實則不容我抹殺。

過一陣子，妹妹又把課本拿給我，說要背書給我聽，妹妹專心背著：

「在人民大會堂熬夜工作的周總理走出門外，看見一名工人大清早掃著滿地枯黃的落葉，周總理上前握住工人的手說：『同志，辛苦你了。』深秋的清晨裡，一股暖流升上了兩人的心頭。」

我彷彿看見二十幾年前的自己，在教室裡和全班同學讀著蔣公幼年在溪邊觀魚，從此悟得逆流而上的人生眞理，心中但覺一陣啞然，我們經歷懵懂無知的中學、大學，直到畢業才慢慢因爲政治的開放，社會資訊的自由，而知道如何拋開幼年時的政治口號與桎梏，難道妹妹也要耳濡目染這種完全不同的政治思想，重複僵化的模式嗎？

尤有甚者，有一課是介紹中國各地的名勝景點，例如四川的九寨溝、西安的兵馬俑、安徽的黃山等，最後妹妹高興的拿書跳到我面前：「媽媽你看，還有介紹我們台灣的日月潭耶！」我苦笑著不知如何回答時，妹妹又問：「台灣到底是不是中國的啊？」

我很耐心的跟妹妹解釋，不管台灣是不是屬於中國，縱使在宿舍裡，我們不用洗衣、煮飯，在外面我們不論穿著、吃喝、娛樂方面，都能夠獲得最好的享受，似乎處處可以表現的高大陸人一等，但是在我們的心裡，人是生而平等無高下之別的，而且就算有如此廣大奇美的山川可以遊歷欣賞，但是我們最懷念的，還是台北家後面的那座終年茂密宜人的小山，還是離家不遠的小湖、小溪，那是任何地方都不能取代的。

妹妹一知半解的看著我，突然問：「那爲什麼大陸都會罵台灣，台灣是不是該給他管？」

這樣複雜的政治問題實在不是妹妹這個年紀能夠懂的，她是台灣人，以爲中國就是另一個國家，卻發現中國的教課書中，充滿了大中國崇高偉大的意識，使得她也心生嚮往；另一方面，她卻常在宿舍裝設的衛星電視中，看見台灣的新聞節目，播放兩岸敏感又尖銳的話題，又讓她也不敢太仰慕教課書中的大中國主義，就這麼在課堂上聽的是一回事，回到家聽的又是另一回事的夾縫中困惑著。

由於安全的考量，我常不准孩子們在公共場所說「台灣」二字，每次講到這兩個字，就會惹來一堆好奇的眼光，在外面若有人問起我來自何處，是哪裡人？我通常都回答「閩南人」，大陸人聽了也容易接受。至於孩子，我都要他們學大陸人講「家鄉」，於是他們現在都講：「媽媽，什麼時候才要回家鄉啊！」省得惹來不必要的麻煩。

如此種種的奇怪行爲，弟弟還小尙無法感受所謂的認同問題，妹妹則是偶爾想來感到困惑不解。我想，這也算是帶孩子來大陸求學的一個代價吧！

大陸的醫療

台灣人來到大陸總會擔心食物、水源不潔，或氣候不佳所引起的各種病痛，輕微的可能休息一下，或是忍耐一陣子等病痛減輕，但若是碰到嚴重的疾病，就一定要到醫院去看病了。

外子是打橄欖球出身，身體壯得像條牛，即使感冒了，也是睡一覺或多喝點熱水就沒事了，至於流鼻水咳嗽，他都不看醫生，忍耐著讓身體對抗病毒，頂多感冒初期吃一顆普拿疼壓壓不適的症狀，所以到目前爲止他還沒有就醫的記錄。

但孩子們可就不同了，稍微流鼻涕、咳嗽，若是冷咳則煲些薑湯當水喝，熱咳則煲水梨冰糖解熱，再不行就把台灣帶來的家居成藥給他們吃，大致而言都能得到改善。

問題是遇到發燒或上吐下瀉不止，就無法不就醫了。我們鎮上有家歷史悠久卻設備陳舊的小醫院，第一次弟弟發燒我就帶他去那裡看，看到醫院裡簡陋又年歲已久的設備，眞覺得不太舒服，給掛號處一元，拿到一張病歷紙，自己塡姓名、年紀，然後我就找了個看起來還算「文明」的，會說普通話的醫師看診。

大陸人非常喜歡打針、吊點滴，尤其是發燒就來一針退燒針，發炎就來一針消炎針，他們喜歡立竿見影的療效，所以醫生每次說要打針，我都搖手說不，台灣早已不時興打針，尤其是孩童，寧願用藥物慢慢治療，也不願意冒打針可能引起肌肉萎縮等後遺症的險。

而且通常我們都沒有病歷本子，只有一張薄薄的紙，如果要病歷本子也可以，五毛錢一本，不過通常都是遇到需要打點滴時，醫生才要病患去買一本，眞不知道那些一次性的病例紙要如何處理。

看一次病下來，差不多要三、四十元人民幣，和我們健保一次一百五十元也相差不遠，由於弟弟的扁桃腺先天比平常人腫大，醫生認爲長大之後可能會回復正常大小，但遇到扁桃腺發炎時，則一定要馬上就醫，怕腫大過度阻塞了氣管就危險了。一次他因扁桃腺發炎引起高燒，在吃了兩天小醫院的藥皆未改善後，我還是帶他到市中心的一級人民醫院就醫。

一級人民醫院是間嶄新且看起來較先進的醫院，規模有些像台灣的教學醫院，病人也是其多無比，我找了個兒科的中年女醫師看診，她的態度非常好，就算有再多的病人她還是不疾不徐的穩定看診，我因爲急了所以囉唆地叨唸個不停，她都一一親切地回答我的疑慮，有時問了些很神經質的傻問題，她還是充滿了同理心的聽我講，後來才知道她是兒科的主任醫師，這樣仁心的醫生，我想病人都會覺得很有福氣吧！

結論是弟弟需要打一劑退燒針，以及吊兩袋綜合青黴素、葡萄糖和鹽水的點滴，弟弟在台灣除了打預防針之外還眞的沒打過別的針，更別說吊點滴了。但是在大陸，若是沒有跟著他們的治療方式，我又沒有專業的醫藥資格，能有什麼辦法呢？打青黴素之前要作微量的皮下注射，測試未注射者對這種藥物會不會過敏，於是當天弟弟算是打了三針，躺在病床上，四處都是孩子們的哭叫聲，或許在台灣，弟弟就不會讓對大陸的病毒沒信心的媽媽帶去打針吊點滴了。

本來第二天醫生還要弟弟去打一次點滴，可是我看弟弟恢復得挺好，就在家裡休息、吃藥，這次的感冒就算沒事了。

宿舍裡還有一個六歲的孩子，從小身體就很好，一年看不到一次醫生，平時我們的孩子流鼻涕或咳嗽，體質較差的更會久病不癒，可是他都過個幾天就不藥而癒，前一陣子卻發燒了，帶去小醫院看，吃了兩天藥仍然在燒，醫生建議打針，他媽媽覺得再吃一、兩天的藥，或許燒就會退了，誰知道一、兩天後還在燒，只好打針，而且是早上下午打兩針，還得連續打七天，天啊！那不是屁股都是針孔了嗎？他媽媽覺得這樣不妥，後來是醫院開了中藥與西藥，邊吃西藥邊熬中藥喝了才告痊癒，前後共燒了十天，高燒時還曾經到四十度以上。

他媽媽說有時也不能太輕忽這裡的病毒，孩子碰上了在台灣從沒碰過的病毒，毒性如此之強，讓原本小牛似的孩子瘦了一大圈，再加上大陸的抗生素普遍濫用，病毒的抗藥性代代增強，才要這麼久的時間康復。

大陸的醫生是中西醫兼學而並重的，中醫與西醫之間並沒有強烈的劃分，在我們的觀念裡，吃了西藥就不能再服中藥，怕藥性重疊或互相排斥，但是此地的醫生是沒有這種顧忌的，以我們看病拿藥的經驗，若是喉嚨發炎或發燒，醫生會開一種膠囊給我們，那是板蘭根或是麻黃與柴胡等藥劑共同製造的，功效爲清熱退燒，遇到熱咳，也會有清熱止咳的小瓶裝中藥劑糖漿給病人。

不知道是病快好或是中藥眞的有效，有一次我得了咽喉炎，發燒且喉嚨痛得吃不下東西，後來吃了人民醫院開的西藥，再加上清熱的中藥膠囊和糖漿，第二天真的覺得舒服多了，為了怕廣東燥熱的天氣讓我再犯喉嚨痛，於是我自己到藥房拿著醫院開的空藥罐買了一瓶回來，以備不時之需，像前述發燒十天的孩子，在中藥的溫和調理下，似乎比西醫的打針強力恢復方法來得自然平和多了。

至於打針、吊點滴的醫藥費在大陸上算是很高的，每次幾乎都要兩、三百塊人民幣，有時醫生一邊寫藥單，還會一邊問病人身上帶多少錢，如果錢不夠就開較低價的藥。一次從醫院搭計程車回宿舍，四川籍的司機說廣東的醫藥費好貴，他們若是生病就自己抓幾帖藥回來煎煮服用，真的不行才去醫院看病。我問他在四川看病要多少錢，他說他們鄉下看病只要幾塊錢就行了，抓個藥才幾毛錢，而且他們鄉下的老醫師很會治病，每次都藥到病除，沒問題的。

我不禁想起我們家對面那個老醫生，生意不是頂好，鄰居也說他的藥不夠強，可是弟弟姊姊每次吃他的藥都有效，彷彿只有他對我家孩子的身體最了解，人在異地，方知一切還是只有故鄉好。

人物篇

老人

由於上下學接送孩子，我常必須到校門口等待孩子放學，等待的時間裡，會遇見幾個常來接孫子的阿公們。無聊的等待時間裡我在旁邊打量他們，發現他們其實看起來並不老，走起路來還是很勇健的樣子。其中有一個騎單車的阿公，走路比孫子還要矯健，反而是孫子在後面拖拖拉拉的，他卻在前頭走得一派瀟灑，到了停放腳踏車處，只見他回頭吆喝慢吞吞的孫子走快一點，一會兒騎上單車，瘦而有些佝僂的背，隨著腳踏的韻律一彎一彎地漸行漸遠。

後來老人看多了，忽然覺得鎮上的老人們其實就某方面而言並不算老。

首先是他們的眼神，大都爍亮有力，尤其是廣東人的深目黑瞳，看起來眞是晶亮得很，一點也不魯鈍遲滯，感覺上當他眼睛的焦距對準了之後，是可以很專注的看著你，沒有一般老人的灰白地帶。

其次是他們絕少肥胖臃腫的，精瘦的身形，就算是背有些駝了，那腰桿還是透露出幾分因年輕時勞動而留下來的力氣，腳步少有悠閒晃蕩的，雖然他們夏天都穿拖鞋在街上走動，但大都有一雙厚實而勤勉的腳掌，黑黑的皮膚下仍然保持著祖先的那份勁道。

我僅認識的一位老人，是和弟弟幼稚園同班同學的阿婆，蓄著一頭齊耳短髮，很瘦的一張臉上有一雙細小的眼和一張大嘴，從頭到腳無處不細得像根稻稈，如果在台灣，這麼瘦的阿婆一定身體不大好，有點幾近林黛玉的柳條身型，但在這裡，這樣的阿婆可就代表了無限的精力。

我每次看見她，她的背上都揹著一個男娃娃，一次我在公車的後座上看見站在前頭的她，在擁擠的公車裡和一群人推推擠擠，她不但站得很好，手上還提了一把傘和一只袋子，背上揹著嬰兒，一路擠回幼稚園那一站，下了車還得走十幾分鐘的路到幼稚園，她的臉上甚至沒有透露出一絲倦意，我從後頭追趕上她，她還與我一路聊天到學校，並且聲音宏亮表情愉快，甚至走路的速度比我還快。

在大熱天裡走得搖搖倒倒的我不禁佩服起她來，瞧她汗也沒流幾滴，瘦伶伶的身子堅毅不拔，在我有限的廣東話聽力下，知道她除了要帶背上這三個月大的嬰兒，還有幼稚園裡的姊姊，還要買菜、煮菜、幫孩子洗澡、餵奶……

「好累喔！好辛苦的！」她說。

我知道，我知道，光用看的就覺得辛苦了，就別說親力親為了。

「沒辦法囉，兒子要上班掙錢，當然要我幫忙了……」接下來一長串貫穿古今的敘說，我就聽不懂了，但為表尊敬，我仍然句句：「嗨呀，嗨呀！」的答著。

一次幼稚園辦兒童節捐款活動，也沒發通知給家長，園方就率先在門口用大紅紙寫上各班捐款學生、家長姓名，以及捐款金額，斗大的字都在提醒著家長們捐款，我看老師沒說，也不知道兒童節為什麼規定要捐款，又看一般的學生都捐十元、二十元的，心想比照辦理就好，反正捐一百元的也是少數，沒必要搶那種無聊的風頭吧！

就這樣拖了三天，在學校裡又碰到了阿婆，我問阿婆捐多少？心想反正找個人商量商量也好，阿婆不囉唆的伸出一根手指：「一百悶。」啊，有沒有聽錯？再問一次，阿婆大力的說：「一百悶。」並且把我拉到班上的紅紙前面，用手指著「何裴瑩」的名字：「這是我孫女的名字，全班只有三個人捐一百悶。」

我瞪著雙眼折服地連連點頭，看著阿婆驕傲地揚長而去，想到自己本來想捐二十的，一想到「好辛苦喔！」「好累喔！」的可憐阿婆，居然搖身一變爲捐款大戶，並且她的何裴瑩前兩天還咬了坐在她旁邊的我家弟弟一口，手臂上的齒痕猶新。

「啊！輸人不輸陣，五百悶啦！」朋黨聽完我的敘述起鬨說。

「不，是五十悶。」我說，我這個外地人怎好贏過本地人呢？阿婆年紀大了，還是讓阿婆一點好了。

就是這種愈戰愈勇、老而不衰的精神，讓此地的老人們毫無頹老的跡象，他們會一大清早五點多到茶樓裡，點一壺茶，叫一、兩個小碟或蒸籠，坐著聊天耗掉一個早晨，然後再到鎭上的寬敞公園裡，找一處綠蔭，開始成堆的集結，這裡一處那裡一群，聚精會神地忙碌著。

不像台灣公園裡的老人運動、唱歌或發呆，這群阿公（絕少看到阿婆）三五成群，或坐或走動的從事他們的活動。一次我實在忍不住了，好奇地往他們中間一站，看他們到底在做什麼。事實上，像我這樣的人在那裡是相當引人注意的，一個年輕女人沒上班也不夠老到不用上班，混在「阿公店」裡，莫非……很抱歉，他們專注的態度根本無暇顧及我的出現。

他們四個人圍坐一桌，不是下象棋、打麻將，而是推著黑色長方形的牌，牌上白點紅點各自代表什麼意義，我並不了解，看阿公們青筋浮露的手靈活地砌牌、丟牌，偶爾有一隻稍微顫抖的手出現也並不妨礙，大體來說，一局牌五分鐘就能分輸贏，玩到興起時，間或傳來一句：「丟你的老母X」之類的詌醮話，聲音有力，拍起牌來整張木桌乒乒乓乓地響，精神得很。

霞姐說，他們在玩天九牌，難怪我看不懂。

老人們不常在街上晃盪，喝完茶賭完牌，可能一天的戶外活動就告終結，若是在馬路上看到平時敏捷的阿公，過馬路時卻變得昏昧無知起來，也不用感到奇怪。

每次在車上看到老人不走斑馬線穿越馬路，就會發現他們表現的與平時截然不同，他絕不看車來的方向，車子越逼近他就越往另一邊看，他偏不看車來之處，而司機就得放慢速度，彷彿在美國的公路上開車，開著開著碰到一隻麋鹿經過般的得讓他先行。

「可是，他是人啊！而且在我們家鄉的老人都不會這樣！」江蘇籍的司機受不了的大喊。

「而且這裡也不是人煙稀少的美洲大陸。」我心想。

若是按了阿公兩聲喇叭，他會突然在馬路上停下來，轉過頭來看著司機，破口大罵，司機根本聽不懂他在罵些什麼，那阿公罵人時發自肺腑之凶惡，嗓門賽過天上的轟隆雷聲，且阿公是何等年歲的人物，豈容你這外地小夥子亂按喇叭!?

「如果下車揍他，又勝之不武，沒意思!」司機說。只好像對待保育類動物般地讓他們在馬路上橫行。

這就是我捐款絕不敢超越阿婆的道理，老人們，還是很硬頸的，越老自尊心越強，何必與他們計較呢？

霞姐

霞姐可說是我們宿舍的內務大臣，舉凡洗衣、煮飯、買菜，都由霞姐統管。

霞姐有張圓墩墩且黝黑的臉，臉上笑口常開，不講話時，看不大出來是個廣東人，反而像台灣常見的歐巴桑。

每到吃飯時間，她就會逐一地去敲宿舍裡的每扇房門，用她的廣東國語說：「太太，七飯了！」嗓門拉得特大，不管三七二十一的敲門，有時人明明已經在飯廳等開飯了，她沒瞧見，仍然去敲，旁人告訴她已經出來了，她卻是敲完了，索性把門也開了，衝進房裡叫道：「太太，七飯了！」顯然霞姐的嗓門蓋過了旁人的提醒；另一方面，霞姐只相信眼見爲憑。

有回大家閒著沒事，五、六個太太和霞姐送一個孩子去小學上課，回來的路上，有人提議去吃一家老店的奶製品，這種甜品盛在碗中，冷熱皆有，但熱飲較好，是當地的名品，只是甜得離譜，所以店家都會準備一壺水，待客人喝完甜品之後去甜膩用。

待坐下後，霞姐突然問我：「你一定好會煮菜，妳先生都說我煮的菜難吃！」

我也不否認地笑著說：「霞姐你是什麼星座的？」

霞姐摸不著頭腦的說：「什麼啊？」

我說：「你是幾月幾日生的？」霞姐報了生日，原來她是射手座。她還是不解地看著我，煮菜和「星座」有個什麼相干啊!?

我告訴她，外子是處女座的人，所以不管菜煮得再好吃，他都能挑出毛病來，與霞姐的廚藝好壞沒有關係！她睜著那小小的眼，似懂非懂的，不知聽進去了沒。

「那篩手昨是什麼以私呢？」（那射手座是什麼意思呢？）

「那就是很會射箭囉！射得很準的。」

霞姐的廣東國語突然流暢了起來，以前當紅衛兵的時候，江青同志都要他們練習槍法，「很準的！」霞姐說。

江青是霞姐的大偶像，毛主席是她心中永遠的紅太陽，說到她這兩位已逝的領導同志，霞姐便想起十七歲時她所參與的那個大時代，一身熱血就要沸騰了起來。

一個和霞姐相熟的太太撇嘴看著我：「古早時代灌輸的思想，早就把她洗腦了，改不過來囉！」

我看著霞姐一頭電火球似地頭髮，用手肘推推她，故意用台語說：「賣說到哭出來啊！」霞姐笑嘻嘻地，哪裡看得出來這個開喜婆婆般的霞姐十九歲就把丈夫揪出來鬥，六親不認，絕對服膺毛主席的思想。

「教我們兩招把老公鬥垮吧！」霞姐笑得更大聲了。

霞姐有兩個兒子，大的已經上大學了，我們直說她好命，大陸的孩子要考上大學是很不容易的呀。她說大陸的一胎化實施得好嚴格，公司有個廚娘生了一個孩子，和丈夫要到外面租房子住，霞姐幫她找到了房子，過兩天卻見房東追來找霞姐，要她擔保那廚娘已經結紮，否則不租，要是不小心兩人又生了，不但夫妻倆要處罰，房東也要連坐法一併處理。

霞姐很慶幸毛主席那時讓她還有機會多生一個，這不是英明是什麼？

回到宿舍，我跟霞姐說：「以後就教我說廣東話好了，別跟我說普通話啊！」

霞姐說：「人事處的王先生說我的普通話再講不好，就要炒我魷魚啦！」原來霞姐的廣東腔實在太重了，台灣人都聽不大懂，有時從公司打電話到宿舍交代事情，霞姐聽得七零八落，東西也常拿錯，再加上霞姐腿短卻跑得快，每次電話響她又搶第一個接，事情落到她身上就雞同鴨講地亂了。

我看著霞姐微胖的身軀一刻不停地穿梭在飯廳與廚房之間，偶爾跑過來問我：「好不好七？」我問身旁埋頭苦幹的外子：「好不好七？」外子下意識的點頭：「好吃，好吃！」我抬頭看著霞姐，兩人同時促狹地笑了。

主廚

大群是宿舍餐廳的主廚，個頭矮小，據他說，可能和鄧小平同志差不多高，他的嗓門宏亮，唱起流行歌曲〈都是你的錯〉，簡直是震得鍋碗瓢盆齊飛，渾厚的聲音直逼張宇，其爲人怪異，按照大陸人的說法是「過分認眞」，對許多事情的看法太執著，在我看來是偏激拗執。

我與大群初見面，就被他執著的政治思想搞得有點吃不消，他是大中國至上，誓死擁護共產主義的信徒，所以一講起台灣，他就不由自主地把國民黨、民進黨痛批一頓，台獨份子更應該上刀山、下油鍋。

我看他那份激動樣，深覺不解，一般而言，跟大陸人聊天時都儘量不提政治，因爲只要一講到政治，我們在他們的觀念中是永遠屬於中國的，他們的思想根深柢固，辯論起來只是浪費時間與口水，況且大家朝夕相處，沒必要爲這種事傷感情，沒想到大群不同，他只要講起政治就一副絕對要贏的模樣。

一天，宿舍裡的劉太太不知是要刺激大群，還是批評時勢，講起小時候的事，她告訴大群：「那時候我們的課本上都寫大陸同胞在啃樹根、吃香蕉皮，畫的人都長得皮包骨，還要我們解救大陸同胞於水深火熱之中哩！」

大群聽了撇撇嘴一臉不服的表情。

第二天他抓著我，偷偷地告訴我：「我昨天做了個夢，夢見大陸把台灣解放了，我也跟著到台灣，看到劉太太和她的小孩被關到集中營，換成劉太太煮飯作菜給我吃。哈、哈、哈！」

怪哉大群，作夢來解釋自己的阿Q心態。

由此可見大群對台灣不平衡的心理，他一方面覺得自己是個偉岸的中國人，你們這些台灣人終歸還不是要被中國管；另一方面爲了討生活，在台商公司打工工資較高，只有忍耐地看台灣人臉色過日子。

我不知道像大群這樣的大陸人有多少，不過我想，隱藏在心中未發洩出來的應該不少吧。

大群是江西人，他認爲江西人是最不得了的。爲了顯示江西人傑出之處，他會來段順口溜：「天上九頭鳥，地上湖北佬，十個湖北佬抵不過一個江西佬。」這表示湖北佬的口才一流，處世圓滑順當，頭腦的機靈度勝過天上有九個頭的鳥，但即使是十個湖北佬加起來，也抵不過一個江西人，由此可知，大群認為江西人算是全中國最厲害最傑出的了。

因此他最氣別人看不起他，尤其霞姐這種廣東婆子，老稱他這個內地人為「北佬」，好似廣東人有多麼了不起。不過是經濟開發的早，論到文化水平，哪裡比得上北方？別說文化水平，連普通話都說不好，再加上霞姐在廚房裡又跟大群明爭暗鬥，但卻又是合作夥伴，少了彼此也不行，偏偏兩人又都喜歡掌權領導，於是常見大群拿著鍋鏟，在轟隆隆的抽油煙機陪襯的背景音樂下，對著霞姐大吼：「你這個老革命分子！」

霞姐也不甘示弱地回敬大群：「沒有我們當年的紅衛兵，哪裡有你大群存在的一天!?」於是大群又趁機講了一則政治笑話給我們聽：「以前鄧小平南巡時來到廣州，廣州市長為了討好他，端出一盤西瓜，拿起一片西瓜，用刀子切了大小兩邊，跟鄧領導用廣東普通話說，您吃大便『邊』，我吃小便『邊』。」此語一出，真是笑倒了我們這些台灣人和大陸人，連霞姐都捂著嘴嘻嘻哈哈的笑彎了腰。

大群是在改革運動破四舊的時代出生的，每當公司逢初二、十六拜拜，為祈求公司賺錢，員工平安時，霞姐總會買些三牲四果、香燭紙錢，將這些東西擺在門口，我有空就會幫霞姐摺紙錢，廣東人拜拜的紙錢有紅有黃，形狀不一，紙上還印有各種不同的圖形，得將這些不同的紙錢，按順序方位，層層疊疊的搭成盒狀，再整個拿去燒。

我和霞姐擎香祝禱，在我們專心誠敬地唸唸有詞之際，卻見大群和幫廚們在一旁吃吃笑，霞姐已經習以爲常，面不改色地繼續拜，我心裡卻憋了一肚子氣，拜完了我質問大群：「你在笑什麼？也不來跟著拜還在旁邊搗亂。」中國人最虔誠的時刻就是拜拜，哪容得了一群人在旁邊嘻笑亂動的，還說我們不知在唸什麼「咒語」哩！

大群道：「我們家從來不拜拜的，現在人哪還有在拜拜的，破四舊的時候就廢除了，這是迷信啊！」

但見所有幫廚們皆點頭稱是，我說：「那祖宗牌位拜不拜？墓還掃不掃呢？」

大群還沒說話，霞姐就說了：「他們都是在年三十晚上，吃過年夜飯去墓地把墳墓掃一掃，點個香拜一拜再放一串鞭炮。好不好笑？內地那個時候天寒地凍的都在下雪，吃飽了不休息跑去墳墓拜拜，像我們都要討吉利，初一才有好兆頭，年三十還跑去墳墓上幹嘛？笑死人囉！」

大群尙且不語，用他那雙噬人的雙眼盯著霞姐，搖搖頭：「老革命份子！」

我看大群這麼一個充滿政治細胞的動物，覺得大群一定是共產主義的服膺者，也一定以身爲中國共產黨的黨員爲傲，想知道他入黨多久，誰知道他反問我，入中國國民黨的條件爲何？我說：「唸書的時候，學校的教官會來班上問有誰要加入國民黨，好像只要願意的都可以報名參加，而且還有禮物可以領哩。」我洋洋得意的加強最後一句，這就是民主至上的表徵吧，爲了拉黨員，不惜成本的哦！

大群冷笑一聲，兩隻眼珠烏溜溜地瞧著我，開始嚴肅而認眞的說：「我們這裡要加入共產黨的條件是很高的，第一要大學畢業；第二要身家清白。就算是這兩項的條件夠了，也還得經過篩選，入黨是投身仕宦的唯一途徑，我呢，只有初中畢業，這輩子是永遠不可能成爲共產黨黨員的。」

我看他一臉不可企及的落寞模樣，才知道，入黨並非我想像得那麼簡單，我想到一位台商老闆娘所形容的共產黨員，已經五十多歲了，算是地方上的領導階層，每年仍然要接受三到四個月的訓練，回到地方上再繼續實踐新的政策。以前應酬時養成一天吸一包煙，喝幾大杯酒，這個習慣維持了二、三十年，為了遵循受訓時中央所提倡的新生活改革，在一夕之間可以完全戒掉，全心配合中央的「小白球運動」，每天一大清早就去練習場練球。

老闆娘說：「眞不知道那股力量從何而來，要個老人一下子將幾十年的癮戒掉，而且說戒就戒，眞不簡單。」

這股力量，我在大群那不可企及的眼光中確切地看到了。

司機阿留

公司裡人多自然車要多，車多自然司機也要多，大陸地方遼闊，沒有車是極爲不便的事。照理說，司機應該請本地人較爲合理，畢竟本地人對地方較熟，但我們公司的司機卻多爲外地人，大概是工資便宜的關係吧！

司機的素質很重要，因常在外頭跑，消息靈通，加上接觸的台灣幹部也多，有時聽台灣人在車上聊天，公司的小道消息，以及台灣人出入的時間與場所，一切都看在他們眼裡。

一次朋黨告訴我，當她第一次來大陸時，在機場接她的司機就跟她一路聊了兩個小時回宿舍，內容都是某某台灣幹部在外頭包二奶啦、交女朋友啦、偷生孩子啦，並且指名道姓毫不避諱，須知這種正面的殺傷力，不管是眞實或道聽塗說的謠傳，對任何家庭的摧毀力都像原子彈般的驚人。

幸好朋黨那時只是傻氣太太一個，對任何名字都是有聽沒有懂，反正只要沒點到老公的名字，就當作前車之鑑，警惕自己，將老公看好便是。

後來聽說，這名司機沒多久就被革職了。

阿留是我初次來大陸稍有印象的司機，他專門開長程的車子，留著平頭，身形矮小，不戴眼鏡時愛眯著眼睛開車，讓旁邊的人感覺有點驚險，操著四川口音，後來才知道，他的話也是其多無比。

一次我和外子搭他的車行經一列水果攤，外子要他停車，要下車買水果，在我們挑挑選選之際，阿留也跟在我們後頭摸著一堆橘子，並且以大得足夠讓我們聽到的音量說：「唉！那總機小姐前兩天還請我吃橘子，我也應該買些回請她們才是。」

我看看他，正想說些什麼，外子卻拉著我往下一攤走去，一邊對我說：「那個阿留最愛貪小便宜，我要買水果他也要順便買，看我會不會『順便』幫他付錢。」

水果其實很便宜，不過幾塊錢人民幣而已，幫他付也無所謂，偏偏外子最氣人家這種厚臉皮行爲，也不願養成他這種習氣，明明阿留一個箭步地竄到我們前一個攤位上，一隻手若有所思的磨蹭著架上的水果，兩隻眼還有意無意的瞄向我們，準備趁我們由他身邊經過時逮個好時機，看我們會不會幫他付錢。

可惜的是，機關算盡太聰明，倒誤了阿留的水果。

後來和同事一起出遊，有幾次都坐到他開的車，一般而言，車開到目的地，司機都會在車上休息等待，咱們阿留卻是下了車就變得生龍活虎，一行人要入園買票時總會見他杵在門口，一副也得將他的份算下去的樣子。好吧，替他付了錢之後，他會亦步亦趨的跟在位階最高的大官身邊，或是聊天解悶，或是讚頌一番，且隨時可以跟入話題，表現得非常之可人。

吃飯時間到了，阿留奉命尋找附近的餐廳，他當仁不讓地找了間最氣派豪華的餐廳，車一停，也不管大家贊同與否，就安排入座，他也不落人後的找了個好位子，先拿起毛巾擦把手，喝口茶潤潤喉，畢恭畢敬的拿起菜單往大官面前一送，那大官縱使心裡恨阿留找了家價格奇高的餐廳害他破費，也只有木已成舟的點菜了事。

席間大家暢談台北包羅萬象的各國美食，又是六條通的日本料理多肥美，又是敦化南路的泰國菜滋味奇佳，又是復興北路的義大利餐廳氣氛多好，講得大夥兒思鄉的眼淚與貪婪的口水齊流，桌上的佳餚變得失色無光。

冷不妨地阿留插上一句：「我以前在四川也開餐館的！」接著就說他們四川菜比起廣東菜毫不遜色，台灣菜他是不知道，但以他掌廚的經驗，要做任何四川菜都不是問題。

「原來咱們阿留還眞是深藏不露呢！」大家說。

阿留毫不在意地笑笑，彷彿那只是過去生命中的一小段，不值一提。

後來和朋黨聊到阿留，才知原來阿留過去的經歷可多著呢，而且果然不值得一提！

一次朋黨送孩子到東莞的台商子弟學校唸書，由於時間還早，阿留就跟著朋黨進學校裡遛遛，阿留對台商學校的設備與環境也是讚不絕口，忽地他對朋黨說：「王太，我聽X經理說，來唸台商子弟學校的都是二奶生的孩子，所以又叫二奶子弟學校。」

朋黨一聽，血氣衝上腦門，孩子的班上是有幾個爸爸是台灣人，媽媽是大陸人的，但也不能都說人家是二奶吧，況且自己的孩子也在這裡唸書，難不成指桑罵槐的懷疑自己是二奶？朋黨顧左右而言他的指著校園裡種的一株紅花，看著旁邊的標示牌說：「原來這種花叫燈『ㄖㄨㄟˇ』花啊！」

阿留毫不客氣地糾正她：「王太，這個字唸『芯』（音同心），不唸蕊。」

朋黨早就一把火在肚子裡燒了，如今又被他糾正，就算說錯也死不承認，硬說在台灣都唸蕊，這會兒阿留也槓上了，他使出他說謊不償命的本領，憋著氣說：「我原來是中文系畢業的，難道我會唸錯嗎？」

朋黨A敘述完了換朋黨B接口：「上次我們坐他的車出去玩，他看我先生做的是物流工作，還跟我先生說他以前也在別家工廠做過倉儲的工作。」

至此我們知道，阿留的過去是隨著現今的環境而改變的，這許許多多虛幻的過去串成了現在十八般武藝俱全的阿留，是以當他背著朋黨A問我，朋黨A在台灣有沒有開賓士車；在朋黨A面前也探問我在台灣是不是天天打高爾夫球等問題，我們都一概回答：「不清楚」了事。

前幾天又搭到他的車，不過這回他不再那麼可人了，不停地大罵公司裡有人排擠他，看他不順眼，每次都說他是「豬頭」（嘻，一聽就知道是台灣人的流行罵法），害他被調到廣州的分公司開車，誰不知道他把老婆孩子都從四川接到這兒來，一家子在外租房子開伙，小孩也都唸幼兒園了，這會兒調過去，害他樣樣都得變動，加上廣州物價又高，開銷就跟著大，哪有什麼好處輪得到他，不就是被別人設計的嗎？

我聽他驚心動魄地罵了一堆，勸他別那麼生氣，去繁華先進的地區可以開闊視野，多學些新的事物嘛！他慢慢的靜了下來，不知到底聽進去了沒？忽然他好像想到了什麼，只見他拉長了脖子突然轉過頭來告訴我：「我以前也幹過生產線的領班，帶工人帶得挺好，你看你先生他廠裡有沒有欠人，我也可以做的。」

我無奈地對阿留笑了笑，覺得他眞的沒救了，心想台灣人流行罵的那兩個字，豬什麼頭的，罵得眞對！

人命

宿舍門口都有保安人員站崗，對於來往進出的非台灣人都要登記出入時間與名字，有時我們這些太太無聊帶孩子到門口聊天，殺時間，孩子們都會和保安們打成一片，這些保安其實也都只有二十一、二歲，基本上也只是個大孩子，是以舉凡做紙手槍、彈弓、給孩子們畫畫，甚或修理腳踏車、滑板車等等，都成了孩子們與保安之間的交流。

綜觀這麼多的保安，最得孩子們喜歡的是阿來叔叔，他生得一張娃娃臉，黝黑的臉龐上有一對烏溜晶亮且狹長的眼睛，講的普通話又急又快，但是有些仍然聽不懂，因爲他總是笑容滿面，講話的神情又很認眞，雖然聽不大懂內容，但是我們還是很喜歡找他聊天。

一次因爲實在聽不清楚他在說什麼，忍不住便問他是哪裡人？

「湖南人。」他說。

「湖南人講普通話很標準的，爲什麼你都唏哩呼嚕地講不清楚？」朋黨用手肘推了我一把，那意思就是講話太直了吧！

阿來仍然認眞且笑嘻嘻地答道：「因爲我是土家族人，少數民族，所以腔調比較重。」

阿來的家在張家界附近，張家界的美名早已如雷貫耳，阿來告訴我們，去張家界最好的時節是在十月份，不冷不熱，又可以看到滿山遍野的秋葉，站在高山上俯瞰，視野更是美麗。

可惜的是，保安是輪調的制度，不到四個月，阿來就被調到工廠裡駐守了。

一天晚上，外子仍在工廠裡而我正要哄孩子睡覺，門上卻響起了敲門聲，問是誰，卻也沒人回答，在這個左右相鄰大家都嚴守不相干擾的宿舍裡，若不應聲，我也不想理會。卻是沉默了一陣又敲了起來，我硬是不開門，看門外人會否應答，果眞隔了一陣又敲了起來，輕輕的聲音卻又透露著：「我仍在門外，請開門吧。」

開了門，卻見阿來一身制服的站在門外，沒等我出聲，他就先開口要求進房裡，我見他倉皇的模樣，知道公司裡規定他們是不能無故進入幹部房間裡的，想是有事發生了，便請他入內，孩子們看到他也都阿來叔叔地叫個沒完。

他支支吾吾，又緊張又不知所措地站著，臉上早已失去孩子氣的促狹笑容，我故作輕鬆的問他最近好不好？怎麼會臨時來宿舍呢？是不是要結婚了等等。

他那充滿鄉音的土家族普通話因爲緊張更加讓我聽不清楚，但從他那心神不寧，三魂七魄似乎都快守不住的表情中看來，我知道一定出了大麻煩。

原來四月份他弟弟從家鄉來找他，他準備替弟弟在廣東找份工作，於是先租了房子把他安頓好，誰知道搬進去的第二天就發生了瓦斯氣爆，當場將他的弟弟炸成重傷，燒傷面積達全身百分之四十七，全是二、三度灼傷，送到鎮上的醫院，醫院不收；送到人民醫院，也不收。只好連忙叫車送到廣州一家專治燒燙傷的醫院裡。

聽到這我大概有點了解，想來這個沒有工作亦沒有保險的弟弟，醫藥費之龐大是阿來來找我的原因，我問他，醫藥費要多少？

阿來一直重複：「若我不是想破了頭找不出辦法，我是絕對不會來麻煩您的！」我看他著實痛苦的模樣，也想知道到底積欠多少，是否能夠幫得上忙。

「我自己籌了二萬五千元，再加上人事部的主管借了我一萬元，加起來三萬五千元，醫藥費總共要四萬。」

我心想，差五千元，還好不是太多，雖然我手邊現金不太多，但大家募捐一下，肯定是沒問題的。「阿來，你不用擔心，差五千元應該很快就可以補足的。」

「是十萬，不是四萬！」阿來的鄉音讓我白高興了一場，我心裡盤算著，十萬在鄉下地方可以買兩棟房子；十萬，更是阿來這個一個月只賺一千元工資的年輕人，若要不吃不喝的還，也要八、九年才還的完，這樣的數目，恐怕不是幾個人加起來募捐就可以募到的金額。

我幫他打電話找負責行政庶務的張大姐，看看她能否開個金口，發發慈悲幫阿來找總經理，請總經理發動廠內募捐，算是救一條命吧。

撥了電話，才大略講述一番，就得到明確而直接的答覆：「工廠裡有好幾千人，如果每個人都要求募款那公司還要不要繼續經營下去？況且那還是他弟弟也不是他本人，上次也有人說家鄉的爸爸生病需要錢，要跟公司先借支，這阿來已經和人事部主管借了一萬塊，他還想怎樣？一萬塊就像丟到水溝裡一樣，是拿不回來的……」

我頹然地放下話筒，看著阿來從期盼轉爲已知的失落眼神，我心中的滋味眞是五味雜陳，我不得不承認，張大姐說的是事實，我只是聽不下去那些殘忍又尖銳，將大陸工人當成縈繞不散、揮之不去的乞丐般看待，我只是不希望看到一樣有著父母兄弟的「人」，如果不能得到任何奧援，也不該再讓他們聽到這樣「早看穿你們的把戲」之類的言語。

十多億人口的中國，富者愈富，貧者愈貧，在這種「只要我有錢就過好日子，別人沒錢是他活該」的貧富差距、階級差別待遇下，沒錢的人就只能期盼老天爺給他些好運，遠離病痛災害，否則，人命如草芥，不值一顧。

最後，阿來在樓下等到了新任的總經理，總經理是個宅心仁厚之人，他答應阿來幫他發起募捐，而張大姐也在對我不理不睬兩天後告訴我：「也不知道阿來怎麼找到總經理的，總經理日理萬機還要爲他這件事忙，然後每個幹部都得捐一百、兩百的，你知道嗎？大家都罵死了，說上次不是才捐誰，這次怎麼又要捐，你也知道台灣人在大陸錢都不好賺，大家不都是爲了……」

我引段話語，作爲自己不忘做人根本之戒。

奇異女子

爽妹，我總是如此稱她，她算是我在大陸交到的第一個朋友，她的思想與消費模式有別於來自保守貧窮的鄉下幫廚們，但她和公司裡年輕而充滿幹勁與工作熱忱的大陸白領們也不一樣，因爲她就如同她自己所言，是隻「米蟲」，美其名就是靠丈夫養活的少奶奶，那麼就是和嫁給台灣人的大陸少奶奶一樣囉!?那也不盡然，因爲那些台灣媳婦多不願和我們接近，爽妹倒是有什麼說什麼，沒有阻攔。

我得承認，爽妹開啓了我在大陸的另一番視野。

第一次看見她是在裁縫店裡，深夜十一點，來大陸探望外子的我，好不容易盼到他下班，陪我到店裡選布料，量身訂做衣服，那個晚上我見到她，濃黑的細眉下一雙明媚眼睛，當她抬頭看我時，眼裡滿滿的大膽與佻撻直逼面前，我是一名過客，對陌生的環境沒有太多的負擔，這樣充滿挑釁意味的眼神我亦毫不猶豫地直視回去，目光交接時，但覺莫名的力量在抵觸較量。

她的態度是浮躁不定的，任何人站在距離她不遠處，都能感覺到她體內某種力量在蠢動著，似乎連隆隆的馬蹄雜沓聲都依稀聽見，我的直覺告訴我，她可能是個煙花柳巷之人，煙視媚行之姿在她身上表露無遺。

如此深夜時刻，如此平靜尋常的小鎮，怎可能出現這樣的女子，嘴裡喊著「無聊」卻又毫不掩飾地直瞪著身著制服的外子看？基於女性的直覺，我本能的量完身，就不發一語的跟外子走出店外。

如此過了幾個月，我定居宿舍，和朋黨閒來無事便往裁縫店裡坐坐，有時翻翻型錄，有時聊天說笑，突然間她又進來了，她一一打量過吱吱喳喳的朋黨，眼睛又與我的眼神對上了，她說：「我們見過的，不是嗎？」

從此開始了我們的來往互動。

爽妹單名爽字，朋黨一看到她寫在紙上的名字就不可自抑地笑了出來（實在有點沒禮貌喔），我們對她的態度則是謹慎保守有加，誰都嗅得出她所流露的那股脅迫逼人的誘惑力，於是我們也沒有透露姓名，只留了總機電話，我們都不敢確定，在這樣美麗的外貌下是否藏有致命的毒針。

只是爽媚妹是無聊而寂寞的，她一天到晚嚷嚷著要上班，卻是上不到兩天就看不順眼老闆同事之間狗屁倒灶之事，繼而就懷念起當少奶奶晏起、逛街、穿戴美美的種種，於是又無聊起來，她打電話找我們去廣州，她在廣州住了七年，熟得很。

我和朋黨面面相覷，廣闊的大陸對我們而言，的確有著無法抗拒的吸引力，成天禁錮在毫無自由可言的宿舍裡，誰不希望能多看看這個全然陌生的世界呢？只是，這女子會帶給我們什麼樣的遭遇呢？

或許我們會被她在飲料中下迷藥，然後被她所謂的「老公」拍攝裸照，用以威脅勒索。

或許我們會被她帶到某個陌生偏僻之地，然後被洗劫一空。

或許我們會被他們綁架、殺害，更可怕的是把我們往內地某個省份一丟，逼良爲娼。

太多聳動的新聞在我們的腦海裡奔竄，但是，只要我們小心點不就好了嗎？

於是，我們說好不喝離開座位以及她提供的飲料。

於是，我們不到人煙稀少之處，以及她的住家。

於是，我們身上只帶兩百塊。

至於「逼良爲娼」，看看大陸在「做」的小姐都不超過二十歲，我們這種肉粽般的體態，鬆垮的容顏，足以在圈內當阿媽的高齡……比較……不可能吧！

懷著忐忑的心情，我們依約前往。

爽妹一身勁裝的出現，看她身上的穿戴，的確是比一般人來得講究，也勝過我們的裝扮。爽妹花起錢來也毫不囉唆，皮夾子一開，裡頭是一疊厚厚地人民幣，她看我們七掏八找的從皮包裡找出一堆散錢，著實一副窮酸像，也只是低眼看著，遇到掏錢付賬的時候也不會淨坐著不理，該她出手的時候也是很「阿莎力」的！

她的話出奇得多，或許眞的是寂寞太久，也或許是她一向對新鮮刺激的事物較有興趣，畢竟她也想知道台灣人的思維觀念（或是財力）與大陸人有多大的不同，而我們不也一樣好奇這樣的女人在想些什麼嗎？

她是浙江人，講得一口軟軟的普通話，但是因爲她性子急，所以講話的速度很快，有時說到激昂處講個五分鐘都不會停，我每次看著爽妹那雙勾人攝魄的眼睛看得入神，她有一對睫毛濃翹眼珠子呈深褐色的大眼，那褐色琉璃珠般的深處好像一泓池水，深不見底卻又閃閃發亮，我說爽妹你的眼睛好漂亮啊！爽妹說她原是新疆的某族人（她告訴過我，可是我一直記不起來那名稱），爸爸這一代才來浙江，後來我在她的家庭相簿中看到她母親的照片，她母親看來就是個外國人，有著俄國人的味道。

難怪我初見到爽妹，就彷彿見到一隻精力過剩、躁動不安的母獸，滾滾黃沙在她身後揚起，原來是這個終日騎在馬背上的遊牧民族的後裔，也難怪她的行爲舉止和一般人不太一樣。

爽妹開始她過去經歷的訴說，我們來自不同的地方，唯一相同的是使用的語言，語言使我們之間的溝通容易，能夠很快的了解彼此，但是，操縱語言的卻是思想，如果說語言是一輛疾駛的火車，思想就是軌道，若是軌道鋪設的分歧雜亂，那麼列車只有翻覆的下場。

爽妹的思想就如同未鋪設好的軌道，她跟我說她是中專畢業，後來父親塞錢到西安大學讓她唸歷史，一年之後因爲成績不及格被退學，其後則不了了之；跟朋黨說的卻是她在上海的大學裡念外文，之後工作、結婚生子，小孩已經七歲了，由住在廣州的大姑帶；前後不符，我們不知道她到底想要隱瞞什麼。

人的一生本來就像一部小說，如果有機會讓自己的人生像小說一樣能夠隨時改寫，我想每個人都會興起改寫的願望，誰的生命沒有缺憾與不滿呢？如果能像網路小說有不同的結局可供選擇那該多好，爽妹來自我們不了解的地方，不能冀望她的過去沒有失眞之處。那麼，是不是因爲如此，我們的父母先輩對來路不明的外地人永遠存有不信任感，也因爲如此，愛幻想且富冒險精神的年輕人才會容易被外地人的新鮮和差異吸引，繼而告別家鄉，遠走他方。

我看著爽妹豁達開朗的外表下，不知隱藏了多少她尚未訴說的過往，卻不知爽妹所遭遇的事，遠遠地超乎我的想像。

奇異女子的感情

爽妹的煙視媚行是我們最好奇的一部份，對於她的過去，我們最怕碰觸的也是這點，幾次見面後，有次我聊到爽妹的背脊挺得很直，不像我們老是彎腰駝背地看起來很沒精神，爽妹說挺直腰桿是因爲以前在酒店當領檯時得穿旗袍，你試想穿旗袍不把背打直會好看嗎？

「酒店？」朋黨聽到這個字眼突然醒過來似的重複一遍。

「那酒店裡有沒有時常看到小姐們進進出出的呢？」朋黨好奇又有點尷尬的問道。

我覺得我們眞的觸碰到爽妹的某種情緒，她一段長達十幾分鐘的論調，就如同一場突如其來的狂風暴雨，把我們震得不能動彈。

「你們以爲誰生下來就要當婊子的，誰不願意富富貴貴或是安分守己的過一輩子。」

老實說，她講到「婊子」二字我心裡還聽得眞難受。

「你想想在內地裡，我一個朋友死了爸爸，家裡就靠她媽媽打工賺錢，她下面還有兩個弟妹，她媽媽一個月賺兩百塊工資，得養活三個孩子，可千萬別碰到生病住院，就花掉不只兩百塊，你叫她怎麼活下來，她到了十六、七歲就下海去賺錢了，養活了一家子還讓弟妹唸完書，全是她一個人的功勞，不這麼做，全家就餓死吧！」

爽妹氣不過似地又繼續說：「人家說工廠無美女，一個十六歲的女孩子如果夠漂亮幹嘛去工廠做工，整天沒日沒夜的加班，老得快，也學不到什麼眞正的技術，一個月五、六百塊，一晃眼五、六年過去了，人也老了，動作也變慢了，新人加入以後，老人就只有等解職的份，最後就是回到老家找個人嫁了，又回到沒出來的老樣子，過一天算一天，眞要是長得美的，就去當小姐囉！老天爺賞你的美貌何必白白浪費，賺足了錢自己出來開店，做美容或是賣時裝都頂好的，不是嗎？」

「所以長得醜的只能算她自己倒楣，長得美卻不知利用，那就是笨！」

我不知道中國有多少人有爽妹這種想法，在這種「笑貧不笑娼」的風氣下，多少的酒女、舞女、二奶是眞的被貧窮逼得走投無路才下海，還有多少女人爲自己合理化的想出「美者爲勝，醜者爲敗」的物競天擇想法。我不和爽妹辯駁這些論調，爽妹經歷的過去，於我而言是個超乎我個人生命經驗的世界，我甚至不敢肯定這是否是她本身的經歷，也可能是她所接觸到的環境或朋友帶給她的觀念，我無法以世俗或教條式的眼光來批判她。我只是問她，既然你替這些小姐找了這麼多的理由，而今角色互換，如果今天你的先生去外面拈花惹草，輪到自己成爲受害者時又該如何？對這點，爽妹似乎了然於心，她知道先生在外面應酬總要涉足聲色場所，她也風聞過，附近酒店的「媽咪」也告訴過她，但是男人逢場作戲，只要不在外過夜，她都能接受。

我對爽妹具有男人欣賞的「明理」感到驚訝，後來熟了，才知道，其實爽妹是絕對支持男女平權的女權運動者，因爲，她也搞外遇。

爽妹的精神似乎永遠高昂，再怎麼不愉快的事她總是沉默一陣，垂眼沉思，甩甩頭，就把煩惱拋到腦後，若遇到令她氣憤的事，她那高昂又尖銳的嗓音，就會一把火似地從她嘴裡冒出來，這樣美艷又辛辣的女子，注定在感情上波濤洶湧起伏無常。

她對無聊的生活總感到不耐，對工作又全無興致，除逛街奔走，我實在不知道她要怎麼消耗那一身活躍的細胞，隨時都有浮塵微粒在她身邊顫動著，顯示她的能量，原來打發無聊時光，不負青春的最佳方法，就是談戀愛。

爽妹無限春風的說：「他可以在外面玩，我們也可以的，我爲的不是錢，要的只是戀愛的幸福、刺激感，要不然夫妻倆每天膩在一起多煩啊！」爽妹此時顯得興奮得很，講到風流韻史，彷彿才能見證她的價値與生存的目的，她不在乎世俗的眼光，她要的就是快活，她來這世上是來享樂的，不是做牛做馬，每天仁義道德的假道學活著難受的。

她有許多短暫的戀情，其中有香港人也有本地的年輕公子哥，時間都沒有維繫多久，沒有新鮮刺激感了就分手，毫無牽絆。其實我覺得，爽妹除了享受戀愛的快樂，也在尋找各方面都能勝過她老公的男人，她想再跟一個有更好條件的男人過日子，但畢竟有錢人也許有了老婆，沒老婆的或許也受不了她狂放的個性，如此種種現實考量下，她就像匹被韁繩束縛住的馬，雖然韁繩的長度不夠長，她只能在一定的範圍內做她馳騁疆場的夢，實際上她已失去野放的活力與適應力。我見爽妹在時間的長河裡漸次老去，在中國大陸，二十八歲已毫無青春的本錢可言，她在一次次情愛的流層中，掏金般的篩選泥沙中的金塊，從指縫中流失的卻是她虛無地快感，她瑩瑩雙眼是否能看見自己水中的倒影，眞耶，幻耶，只有她自己最清楚明瞭。

奇異女子的秘密

我們終於到爽妹家裡拜訪了。

如果說一個人有她最私密的部分，那部分一定深藏在她的心裡，我想家亦是個人私生活展現的地方，爽妹帶我們去她的家，亦即宣告著她將顯露她最隱密的一面予我們知曉。

雖然她的住處是租來的，但是裡頭仍然有一個家庭該有的設備，沙發茶几一應俱全，爽妹不是家居型的女人，所以房內並不算整潔，大略收拾過而已，若是爽妹一時興起，或是她有求於老公時，才會上市場買菜，煮頓飯討好老公。

前頭說爽妹的思路有些凌亂，過去的事情講得令人存疑，尤其出現在「老公」的定義上，一會兒說她結婚三年了；一會兒說兒子七歲大，由住在廣州的大姑帶；一會兒說老公從小就死了父母；又說有時回婆家和婆婆吵架。

對於她所說的這一切，我們都沒有拆穿她，畢竟彼此都不知道對方要的是什麼，至於友誼的發展對我們而言不是一朝一夕的事情，就算我們拆穿她，對大家有什麼好處呢？

她拿出一些蘋果請我們吃，我們其實也不知道在促小的房舍中有何期盼可言，只是到當地人的房子裡看看坐坐，打發時間。

爽妹叨叨絮絮的講起她在廣州的孩子，又皮又悍，明明外頭下著大雨，他也不聽勸的硬要跑出去淋雨，他的個性和爽妹一模一樣，兇得很，爽妹看不過去就是一頓打，我說爽妹你久久回去看孩子一趟，這樣打他他哪會喜歡你呢？爽妹黯然答道：「他是跟我不親。」一會兒想到什麼又興致高昂的拿出兩大本相本，熱情地說：「來看看我的結婚照，過年前拍的。」

我和朋黨不語的互看一眼，原來爽妹是前幾個月才和她「老公」回家鄉擺酒結婚，她所謂的的結婚已經三年，實際上是同居罷了，爽妹雖然在愛情的路上挑挑揀揀，偶爾逢場作戲，看她看相片喜孜孜的樣子，事實上她對婚姻還是很憧憬的。

她又把她小時候的照片拿給我們看，爽妹長得像爸爸，她爸爸是個高大帥氣的男人，媽媽有著淡金頭髮，高鼻深目，有點像蔣方良的模樣，但是爽妹的妹妹卻又有一雙單眼皮，圓圓鼻頭的漢人模樣，血統混雜的情況下，居然也有這種完全不同的外貌。

她算是富裕家庭成長的，小時候就全家一起去遊過長城了，直到她上大學，第一年就和年輕俊帥的老師談戀愛，被校方以「道德敗壞」的名義開除，十八歲南下廣州做了一年的工作，十九歲遇見她的老公，二十歲生下孩子，事情就發生了。

「等等，什麼老公、孩子，我怎麼都聽不懂？」爽妹突如其來的往事剖析敘述，讓我對她之前跳躍倒錯的說法有點連不起來。

原來她那七歲大的孩子是和第一任老公生的，但是好日子沒過多久，老公就死了。

「怎麼死的？」我們不忍的問。

「被人砍死的。」

她拿起第一任丈夫的學士照相片給我們看，很瘦的男人，雙親早死，都是家裡大姐一手拉拔三個弟妹長大，她老公的頭腦很好，畢業於全國排名前五名的大學，畢了業從事期貨交易，賺了一筆錢之後，轉而包下白雲機場到市中心的路線，做起運輸的客運大巴生意。

爽妹認識他的時候正是剛要開始發展客運生意之時。

「那時候機場到市區的大巴路線都是國家經營的，大家吃大鍋飯習慣了，司機們能少開一班車就少開一班，所以態度都很懶散，車子壞了，能慢點修好就多休息一些，再加上司機貪污、自己賺外快的事情很多，所以國家都是賠錢經營。」

這時她先生買下三台車經營，由於學的是經濟並非汽車機械，所以他都靠自己或是和司機學機械方面的知識，常常為了看車子壞了該如何修理，和司機待到凌晨兩三點才回家，畢竟車子一停下來就沒了進帳，所以車子能跑是最重要的事。

因為他們努力經營，第一年就賺了兩、三百萬，每天都能收好幾萬的現金回家，二十歲的爽妹天眞的認為，從此就過著富裕安逸的生活，卻不知道從小到大一路順遂的舒適生活就在此時結束了。

一名司機因為吸毒被她先生革職，卻又賴在公司的宿舍不走，她先生帶著兩名職員去叫那個司機讓出房來。

「那種吸毒的人根本不是普通人，神智不正常，幾個人吵了起來，司機衝進廚房裡拿了把菜刀出來，一刀劈向一個職員的肩膀，轉身又將刀架在我老公的脖子上，挾持住人後，叫我們拿一百萬出來贖人。」

一個職員逃出來報警，公安把屋子包圍起來，兩方就這樣對峙著。

「那個司機看我們每天現金收那麼多，以為我們有很多錢，卻不知道我們的一輛車在路上翻覆了，不但車子送修，還要負擔車上幾十個客人的醫藥費，所有的錢都放到那裡面去了，我和大姐只能捧著當天收的幾萬塊車錢，站在屋外等著給錢贖人。」爽妹悠悠的說著。

「但是那個人是個瘋子，受不了刺激，往我老公脖子連砍了三刀，血流得滿地都是，我老公就這樣死了。」

我看著她老公的照片但覺起了一身的寒顫，難以相信這種社會新聞會發生在眼前，爽妹當時只有二十一歲才剛做母親，卻在一瞬間，目睹至親的丈夫死在亂刀下，又是多麼傷心欲絕的情景。

「最難過的是他大姐，年輕時努力賺錢爲了弟妹有出息，好不容易盼到弟弟有發展賺錢了，卻碰到這種事，一夜之間整個頭髮都白了，現在還在帶弟弟的孩子，這樣辛勞一生，似乎永無止境。尤其是爲了和後台很硬的司機打官司，我們打了三年的官司，花掉所有的積蓄，傾家蕩產也要定這個人的死罪。」

爽妹拿出一份九七年的報紙給我們看。

「這就是那個司機被判死刑的新聞。」爽妹又說：「我還有公安在血案現場照的照片，你們要不要看?」

我們一致搖頭說不，新聞的報導已經讓我們覺得怵目驚心，若再看到命案的照片，恐怕非我們所能承受。我又想，只是看個照片就無法承受，那當時的爽妹又該如何?

我不知道要如何表達我的遺憾之意，抬頭看看爽妹，一臉穆然卻又要自己雲淡風輕的接受六年前的事實，桀傲不羈的個性，美麗的面孔，注定要走上這條多舛的感情路，我心底默默的祝福爽妹，以後的日子能夠一路順遂。

不知名的朋友

到一個陌生的環境，我與別人最不同的地方，就是吃飯的問題不用理會，公司有請管家廚師爲我們料理三餐，省去了一日三次的民生問題，但是相對的壞處，卻是少了與環境接觸的機會。

我覺得到每個國家去，最能表現各地方的風土民情之處，就是餐廳飯館，只要花一點錢，品嚐幾家風格各異的飯館，便能掌握當地人的飮食特性，若是要再深入一些，應該就是最庶民的菜市場了。

於是我會和霞姐沒事就到菜市場，胡亂在小小的通道裡逛，看她和販子們討論菜價，肥短粗黑的手在各式青菜裡翻撿撥弄，然後看販子們拿傳統的秤子，一鉤子的把紮成一束的青菜勾起來，另一端的秤鉈移來移去的平衡秤重，兩人再用聽不懂的土腔廣東話成交。

她最愛也必去的地方是水果攤，水果攤老闆是霞姐老公的牌友，一張臉長長的，老是叼根煙不太言笑，看到霞姐來也不甚作聲，頂多問她：「今天要什麼水果？」霞姐的小眼睛會瞄瞄當令的水果，嘴裡形式上的問多少錢，然後拿起一只梨，又自動的拿老闆的切水果彎刀，皮也不削的切成幾瓣給我吃；一邊看一邊手裡捏捏葡萄，手一掐，又是一小串的遞到我手裡，叫我趕快吃，夠不夠甜；一會兒功夫又吃掉了幾個甜中帶酸的小柑桔；我摸摸飽漲的肚子，一頓水果餐一文錢也不花的吃完了。

酷酷不笑的老闆一點反應也沒有，只問霞姐，這個台灣太太在上班的嗎？一個月薪水多少？

此後酷老闆見到我總會跟我講一兩句廣東話，我只會笑笑的講：「你好，再見！」接下來就只有傻笑的份了。雖然語言不通，除了「你好」就是「再見」，但他每次看到我和霞姐有吃又有拿的樣子，卻也從來不計較，只一個勁的吸著煙，看我們飽餐一頓，或許這一點水果和餐廳每日採購的數量比起來，只能算是微不足道的吧！

另一個朋友是在賣碟片的店裡當店員的小姐，大陸的ＤＶＤ一片售價只要十幾元人民幣，比起台灣來真是便宜太多了，常有台灣出差的同事來此大肆採購，一買就是幾十片，後來我都會帶他們來跟這個小姐買。

這位小姐的記憶力絕佳，八月份我住下來後自己第一次去買碟片，她說她還記得四月份我和一個戴眼鏡的男人來買過，更厲害的是她還記得我們買了哪些片子，此時我不得不好好的考驗她：「那個戴眼鏡的男人有沒有跟別的女人來買過片子？」

她認眞思考且愼重地回答說：「沒有！」那個戴眼鏡的男人正是外子。

這個絕佳而完美的答案讓我滿意的又買了十片碟片回家。

此後，我無聊時就會去挑些片子，順便和她聊天打發時間，他們店的隔壁也是一家賣碟片的店，細問之下，才知道是店老闆的親戚開的，若是有哪個不知情的肥羊進到隔壁店，一定會買到三、四十元一片的價格，原本是親戚，卻因經營方式不同而搞到互不理睬。

我每次和好記憶小姐聊天完畢，買妥回家時，隔壁的店員一定會來問她：「那個台灣婆子買了幾片啊!?」（台灣婆子？可眞難聽啊！）

我決定和好記憶小姐學廣東話，話題都是漫無邊際的隨意聊天，想到什麼就講什麼，我那如梗在喉、痛苦又不輪轉的廣東話，自己聽了都難過，她卻是好有耐心的慢慢糾正我，不厭其煩地教我該怎麼發音，哪些用字和普通話是不一樣的，厚臉皮又多話的我碰上細心又有耐心的她，眞是合得來。

聊得正開心，一個男人進門跟她講了兩句，就看她拿了個黑袋子給那男人，男人看了看拿出店去，我驚訝的看著她說：「哇，一次買那麼多啊！那我還不是最會買的！」

她說：「不是買的，先借他出去，挑好了再進來算帳，那些都是色情片。」

原來是政府禁止的片子，店家怕被查到充公罰款，只有讓客人先挑了再付賬。

凡此種種，都是我們聊天的話題，我得承認原本許多不知如何發音的廣東話，許多不知名的好片子，在她的指導下我的廣東話進步良多，看的片子也多了。過完年，她說想回廣西家裡，不想再留下來了，說實在的，以她的細心與超強的記憶力，她眞的可以做更好的工作。過完年我再去店裡找她時，她已經辭職回家鄉了。

另一對朋友是裁縫店的夫婦，老闆腳有點跛，開價後就是不能再講價，「一口價！」他說，價格非常硬，就算客人要走，他也不變臉，隨你去吧的固執樣，很令我們這些殺價成癖的歐巴桑們生氣。

但是因爲他開的價錢本來就比附近幾家低，因此我們也就都找他裁衣服，省得被別家賺得難過，但也就是因爲他的價格較低，所以附近一家裁縫店被他激得上門質問，爲何打壞市場行情，並且還氣不過的打了他一頓，這件事鬧到公安出面，罰了那家店的老闆五千塊才告落幕。

因為這件事情，我們就更死忠的找他裁衣服。事實上，老闆做中規中矩的衣服是不錯，但要他做新潮些或稍微流線型的衣服就不是那麼好了，我們有時也不做衣服，就是往他店裡一坐，翻翻衣服型錄，激發些靈感，或是聊聊天、罵罵人的打發時間，我們常想，若是老闆能擺幾張咖啡座兼賣咖啡多好。

老闆對於我們常盤據在他店裡倒是很歡迎。老闆娘長得樸實親切，問她為什麼會嫁給老闆，老闆娘說，老闆原來是個泥水匠，一次從鷹架上跌落下來摔斷了腿，就成了個瘸子，後來到她開的店裡當學徒學裁縫，學了三年，老闆娘把店放給他，自己到黑龍江打工，在黑龍江的五年裡，老闆娘極力掙錢，偶爾老闆會打電話給她。

「我那時好忙的，他打電話來也沒有要說什麼，我就叫他少打來吧，卻不知道他是對我有意思的！」老闆娘說，「後來是我媽媽看我年紀也不小了，要我不如就嫁給他吧！我沒答應，又過了兩年回去，發現他還在等我，才跟他結婚了。」

我看著親切的老闆娘，以及臭脾氣寧死不屈的老闆，原以為老闆娘是什麼都依老闆的，沒想到婚前她還是他的師傅，老闆娘其實比老闆還厲害的。

遷徙對大陸人而言，似乎是很自然的一件事，有些人一輩子待在鄉下，有些人一念之間，就到了離家數萬里以外的南方或北方，爲了更好的未來，台灣人不也是一樣的嗎？只要有機會，哪裡都可以是家鄉，不然，我怎會接觸到這麼些不同的人呢？

他們只是在我極小又閉塞的世界裡，萍水相逢的朋友，我們甚至不知道彼此的姓名，但是他們卻是我在大陸期間結交的平凡又溫馨的朋友。

風俗篇

玉市

在寂寥空蕩卻又窒塞的宿舍中，我和朋黨最大的娛樂，就是攤開廣州市地圖，一邊看著大特價買來的旅遊書，一邊按圖索驥的找尋一條條廣州市街道，看著一片陌生的地名，我們決定先從舊城區裡，看起來挺有趣的下九路玉器街開始探索。

玉，君子之德也，自古以來，玉就是中國人難以割捨，糾結纏繞數千年的象徵，而我也常見大陸女子手腕上晃蕩著一環玉鐲，不論是質地墨綠的老玉，或是年輕女子戴的白裡透青的新玉，似乎都更加強了女性的溫潤特質，那樣一節纖細的手腕，套上了一只玉鐲，彷彿一個貼心的伴，無論命運如何變遷迭宕，只有一彎碧玉靜悄悄地沁入女人的生命之色中。

也許是大陸玉一到台灣就變得身價不凡，也許是在台灣的我們對鑽石黃金的認識多過對玉的研究，也許是玉本來就是有行無市，沒有任何儀器能標定它是「九九九千足」或是有「4C」的標準而鑑定它，所以我們對玉的知識極為貧乏，甚至渴望擁有一個戴在手腕上日夜相依的鐲子，卻都因不得其門而入以致不可得。

所以當我們下了公車，驚奇的睜大了眼，如同進入玉石寶庫的看著整條巷子裡，色彩多樣，從晶瑩透白的清玉到滴得出水的碧玉，或是蒼鬱暗沉的老玉，鋪天蓋地的出現在我們眼前時，一時之間，還眞有點如履薄冰的不敢向前。

那是一條稍帶點古味的巷子，兩側都是隔間打通的商家，一個長方形的店裡至少有十家以上的店家展示玉器、鐲子、綴飾，或是整條玉石作成的佛珠，一切玉製品應有盡有。

朋黨衝到第一家店門口，看到廊上掛著琳瑯滿目由各色細小玉石串成的吊飾，隨口問問價錢，足足比她在小鎭上買的便宜一半，況且這還是沒殺價的價格喔！

我們按捺心中的飢渴，臉上也儘量做到不動聲色，畢竟平常能見識到的玉不多，一下子能有這麼多的選擇，要不露饞像也很難。但是我們對玉是門外漢，眞要我們選一塊好玉，且先別說好，只求未經高溫高壓褪色，再注入人工顏色的眞玉，就足以讓我們躊躇不前了，只好看到喜歡的先問價錢，探探行情，一般來說價錢從百分之三十喊起，可是一旦喊價，就沒有不買的道理了。

由於此地乃玉器的集中市場，自然有從各地遠道而來的買家來這裡批貨，我逛到一個店家面前，看見老闆正在跟一個買家做生意，那個買家年約四十歲，戴副金邊眼鏡，一身普通西服打扮，旁邊站著一個一看就知道是大陸人的年輕男子，手裡提個提袋，沒什麼出聲，顯然是買家的幫手。

買家一手扶著眼鏡，一手拿著對齊放在紅紙盒裡的玉鐲，就著光，很快的審度著玉鐲的價值，嘴裡不停的催促著老闆：「再多拿些貨出來！」

我看櫃子上一疊他正在篩選的玉鐲，實在很想知道挑法爲何，但畢竟人生地不熟的，也不好意思跟陌生人開口要求幫忙，於是我捉住四處亂竄和我一樣不得其門而入的朋黨們，站在買家旁邊的攤子上，用台語說：「你看那個查甫，伊好會買玉仔，沒安仔好啊，等下伊挑剩的，咱們就去撿，看伊付多少錢，就比照這個價錢和頭家買，好否？」

我想行家挑十個總會留下八個，既然是行家過目了，品質上應該不會差太遠，我認爲這個方法至少比自己黑白買，買到打過色又貴的玉來的穩當吧。所謂，雖不中亦不遠矣，不是嗎？

於是我既鷹眼地在隔壁攤看他將不要的玉鐲堆積著，一邊又不能太明顯的看著我前面這一攤其實好醜的玉石，並且假意的摸兩下，以免老闆看我擋著店門口又不買，我只待買家一走，就可以衝上去挑剩下的玉鐲。

就在我進行著拙劣的OO七特務行動之時，忽然石破天驚的聽到買家說：「這卡玉仔算不歹。」一句台語自他口中說出。

我抬眼望他，驚惶的表情必定洩漏無疑，只見買家一邊對身邊的福建籍幫手說著，眼角並且瞥我一眼，語末尚殘留一絲笑意在嘴角。

我凌亂地想著剛才像個小人一樣，想要竊取商業機密，卻又自以爲聰明地認定別人聽不懂我說的話，沒想到他故意洩漏一句天機，我頓時羞慚得無地自容。

朋黨們卻像找到失散多年的父兄般（沒辦法，他鄉遇故知，又剛好是個專家），把他倆團團圍住，七嘴八舌的看他挑挑揀揀的功夫，一邊又迫不及待的將自己看上的玉鐲拿給他評鑑，對朋黨的愛惡取捨，他全不給意見，在環伺在旁的眾多店家前，他都說：「甲意就好！」

一會兒，他不疾不徐地拿起剪刀，一個挑線的動作就取下一只玉鐲遞給我：「這卡乎你啦！」

我愣著拿過那只潔白透青且微泛紫羅蘭色的渾圓玉鐲，像小學生一樣的看著買家既不認眞又毫不在意的臉，傻傻地說：「這卡好喔！」

他自己另外選了三只，一邊從皮包裡拿出錢來，一邊豪氣干雲的對我說：「你看我乎伊多少錢，你就照這個價錢乎伊！」

給錢之後，幫手把貨放進沉甸甸的袋子裡，兩人雲淡風輕的晃出店外，沒事般的繼續往巷子裡走去。

我常想，玉和人的緣分由何處興起？也許只是一時在閃動的天光映照下，玉石身上產生了召喚人擁有它的力量；也許只是因爲它獨特的某一處顏色，讓人與它起了某種感應；也或許，就是一時心血來潮將它買下，所謂的緣分，眞就只是在這一方小小的玉石之間。

玉，眞是可遇而不可求的，在我還未看到它之前，便由素昧平生的買家決定了我和它的關係，這只玉鐲，在我僅有的幾塊玉石中，便成了一個天降的傳說。

丐幫

行走在鎮上，經常能看到一些衣衫襤褸的乞丐們，他們有男有女、老少各具，尤其常見他們三五成群地盤據在觀光名勝的出入口。或是拄著楞杖、蓬頭垢面的老者，托著一只塑膠盆，踽踽行走；或是一名年輕婦人，懷裡抱著個脫得精光的孩子坐在路旁，旁邊則繞著一兩個黝黑且頭髮糾結的孩子，野地裡放養般的亂跑著。

剛開始看到總訝異於他們的髒亂（當然我們也沒看過乾淨的乞丐），但他們真的是污垢黏附在身上，似乎長年累月不曾清洗，尤其是懷抱中的嬰孩，總是赤條條地裸露在我們的眼前，也很少見到嬰孩醒來，有時媽媽就讓他們躺在地上，嘴裡塞只奶瓶，昏昏睡去。

一開始看到這幅景象，我會不忍心的掏出一塊錢給小乞丐，這時候，附近眼尖的小乞丐就像食人魚般蜂擁而來，把我團團圍住，每個孩子手裡都拿只塑膠盆，舉到我面前裂開嘴喊著：「給我錢吧，給我錢吧！」我就拖曳著這等陣仗沿街走了好一段路，直到小乞丐們覺得沒有希望，才三三兩兩的散去。從此以後，我見到乞丐再也不敢掏錢。

倒是老姊來探望我時，我們走在鎮上最繁華之處，一不注意她已拿出一塊錢給一個小乞丐，幾個在第一時間裡沒來得及伸出塑膠盆的孩子，看見我制止老姊再拿錢給他們，便轉頭和拿到錢的孩子爭吵了起來，眼看一場群架就要開打，才因乞丐媽媽跑了過來，衝散了這群孩子。

乞丐們不僅要錢，吃的、穿的也行。

我在外面的飯館吃飯時，坐在靠近玻璃窗的一對男女已經吃飽了正在聊天，桌上還剩些殘餚，但見一名留長鬍鬚的老乞丐，慢慢走向玻璃窗前，拿著塑膠盆嘴裡不知喃喃唸些什麼，只見那位女客拿起桌上的盤子，伸出窗外往老乞丐的盆裡一倒，此舉眞令我看傻了眼，一個原本討錢的盆子搖身一變成了飯盒，老人匆匆走向牆角，從破舊的包包裡拿出一雙筷子，就淅瀝嘩啦的解決了一餐。

朋黨買了一件號稱上海製造的毛線衫，穿沒幾次就脫線了，要補也補不來，要織也織不起來，送去給廠家換當然是不可能，說丟掉卻又覺得可惜，她乾脆拿到鎮上去，看到一個瘦如枯柴且雙腿已斷的乞丐倒在輪板上，便就往他身上一放，那乞丐拿起來摸了摸，身手俐落地將它折好收在包包裡，夜裡冷了，可以穿的。

後來聽當地人講，原來這些人可不是落魄潦倒才做乞丐的，他們有些是「生」下來就是乞丐，因爲他們的父親、祖父就是乞丐，這可是家族企業，一代傳一代的，他們的家可能是透天的三層樓房，也可能住得比你我還好，因爲他們吃穿都不用花錢，也不需納稅，他們自成一個團體，遊走在每個城市之間，任何費用都是取之於社會，用之於社會，這就是丐幫。別以爲他們看起來骯髒落魄又毫無章法，那些八袋長老幾袋長老的，可不是無憑無據的，丐幫的輩分制度還是沿襲在乞丐的社會裡。

由於乞丐們的面目模糊，不是烏漆麻黑，就是亂髮披散，只知道越繁華美麗之處越能發現他們的蹤跡。一次我和朋黨們一起去廣州，接近廣州時，車子停下來等紅綠燈，一個老乞丐就挨著車窗邊，拿起塑膠盆對著窗子叩叩的敲，我們都儘量視而不見的看著前方，坐在窗邊的朋黨忍不住的「咦！」了一聲，我們轉頭看她，她說：「你們覺得他是不是我們鎮上的那個老乞丐啊!?」

「不會吧!?」此時我們一起轉頭對他行注目禮地打量了起來，好像眞的是他耶！

「我們出差，他們也要出差的嘛！」朋黨此言一出，我們都笑了。

蛇宴

廣東人對於養生是非常重視的，他們除了性喜食野味，例如蛇、龜、貓等飛禽走獸，對於吃什麼食物可以補身體的哪個部分，都能出口成理，朗朗上口。

我從來就對烹調之事不太有興趣，再加上從小到大沒眞的煮過幾次飯，覺得廚房對我而言實在沒有多少功能可言，有時煮菜調味料拿捏得不夠準確，以至於效果也大打折扣，所以對吃的方面，我不會有太多的挑剔。

但是入境隨俗之後，才體會食之道理，食物不是吃下肚就好，而是針對食物的特性來補身養顏，達到「人食合一」的最高境界。如此一來，就發展出一套吃的哲學。

初來乍到，外子總認爲當地地處僻野無啥風景文化可言，要說繁華先進之處也比不上台灣，只有吃的文化和台灣不盡相同，所以他會帶我嘗試不同的口味。

他說要帶我去吃蛇。

我斜眼冷然看他，不知此人何時變得連吃都讓我認不得了，蛇我並不怕，唸書時，我甚至在暑期戰鬥營裡讓蛇搭在我肩頭拍照，只要無毒，我倒沒有太恐懼的情結在。

但說到吃，又是另一種念頭了。

試想將那滑膩森冷的長條無足物，像一條皮管，還是一條冰冷黏膩的長蟲從嘴巴裡經過食道再進入胃裡，會是何種感覺？

他帶我和一群同事到鎮上的一處山崗上，看他熟門熟路的，便知道他光臨不少次了，這是經過本地人引薦的店，平常他招待客戶都會在餐廳裡點上一道「椒鹽蛇肉」，但幾家飯店的烹調火候都不如這家店來的好吃，在地的料理還是只有在地人最懂門路。

這家店的外觀不甚起眼，設備裝璜都傾向於大眾化，門口羅列著一排鐵籠，籠裡則是顏色、品種各異的蛇。粗大者有如拳頭般粗壯，纖細者則如手腕般粗細，我看著令人眼花撩亂的品種，聞著蛇所發出來的陣陣腥臭味，但覺有點噁心。

老闆將外子所挑選的「水律蛇」、「過山峰蛇」，及另一種較貴的「百步蛇」（聽起來又是一陣聳然）秤過斤兩後，當場俐落地將蛇宰殺，取出蛇膽、剝皮，又建議我們選了一隻草雞，配好了菜，讓我們入內等候。

依照當地人的說法，吃蛇需在冬天，因爲蛇儲存了足夠的熱量準備冬眠，所以都特別肥美，吃起來才過癮，蛇膽則搭配酒喝，和酒混在一起後，那酒竟呈現一種奇異而妖嬈的綠色，酒精掩蓋了蛇膽的異味，男人喝了能強精補腎，女人喝了則是滋陰養顏，在寒冷的冬天裡，眾人舉杯喝下這杯蛇酒，彷彿覺得全身的血液都運行了起來。

接著蛇肉火鍋上桌，那是用紅棗、荸薺、些許的淮山，加上草雞肉，使整鍋湯更帶雞肉的香甜，三種蛇肉混雜在整鍋湯裡，但覺香氣四溢，看來的確值得一試。

由於百步蛇的身軀較粗，所以煮的時間較久，但是百步的肉質卻也最鮮美，被斬成一段一段的白色蛇肉，經過中藥以及荸薺的燉煮提甜，雞肉的提鮮，味道完全融合，我試嚐一塊百步，肉質鮮嫩又有彈性，不同於雞肉的粗肌理，反而覺得滑潤可口，蛇湯則是越煮越甜，以小火煨湯，使湯中幾味藥材能與蛇肉相結合，一碗熱滋滋、香噴噴且甜中帶鹹的蛇湯下肚，冬天的陰寒遂被袪除於體外。惟食到最後關火，若又開火再煮，則蛇湯會變得非常的鹹，是以非到最後確定不吃，否則是不關火的。

至於其餘的「水律」與「過山峰」，用油炸過，起鍋後再加些許辣椒和胡椒鹽，吃進嘴裡，眞是又香又過癮，尤其是店家油炸的火候拿捏得恰到好處，既不會像外邊飯店炸得過老，以至於硬梆梆的浪費了蛇肉的滑嫩，調配的椒鹽味道又好，果然是值得當地人推薦的餐廳。

炸過的蛇肉不若燉煮的肥，比較乾扁，並且要順著蛇的肌理方向食之，通常一口咬下去，則由左向右，反之亦可的順勢將蛇肉撕扯下來，如此吃才順口，行家都會把蛇肉吸吮得一乾二淨，只剩絲絲的細骨，所謂「吮指回味」之樂，差不多就是如此吧！

接下來的是一個煲仔上桌，掀蓋一看，竟是灰灰白白的蛇皮與冬瓜烹煮的蛇皮煲仔，蛇皮綣縮成一卷卷細長的長條，吃在口中脆脆的，但本身並無滋味，且我每次要吞下蛇皮時，都覺得好像有條蛇在食道裡的感覺，令我不敢領教，可見視覺影響食慾之一斑。

最後上場的是蛇血炒糯米飯，看見平常吃的淺褐色糯米飯此時竟呈暗紅色，心中本來有些抗拒，豈知入口的紅蔥頭香與碎肉加上調味料的香味，使得原本已吃得大腹便便的我們，不由得一人再添一碗，食畢大讚，眞是好滋味。

廣東人對蛇的烹煮歷史由來已久，他們說蛇能清毒、祛濕氣、降火，對排毒尤有功效。蛇的各個部分被充分利用煮食，對人體尤有好處，更有香港人專爲吃蛇而來大陸，似乎經過這麼一頓蛇宴，體內毒髒具清，精力倍增，既解除了宿惡，又增強了體力，更重要的是滿足了口腹之慾。

蛇已被列爲保育類動物，然而中國人對蛇的種種效能與難以割捨的喜愛，使得蛇類大減。據稱，中國去年就吃掉一百噸的蛇肉，北京似乎也染上了吃蛇的嗜好，需從南方運上許多蛇以供應饕客們食用。畢竟我們還是要克制自己的口腹之慾，否則食物鏈中的蛇類被濫殺，而田鼠遍地橫行，造成穀物的損失，也算是大自然的反撲吧！

沐足

在廣東有一項特殊的行業叫做沐足，這個行業不知在別省流行否，但在廣東似乎挺風行的，尤其在我們市區，三步一家，五步一店的，有時適逢星期假日，還會看到香港來的旅行團，專程將車開來沐足店，讓團員們享受一下腳底按摩的滋味，順便將旅途的勞頓洗得一乾二淨，好重新恢復精力。

剛來大陸，外子帶我去體驗沐足的樂趣，進得店裡，一排排的沙發橫列在牆邊，平均五、六張沙發就用屏風隔成小小的隔間，隔間內設有電視機，客人一邊喝茶一邊看電視，然後服務洗腳的小姐或先生便會端一盆藥草水讓客人泡腳，盆內並附有震動的機器。

待客人的腳皮稍微泡軟了，按摩者便會放毛巾在腳踏椅上，將客人的腳擦拭乾淨，接著拿出一罐乳霜，摩擦在兩手間，開始腳底按摩。

這套與台灣吳神父雷同的腳底按摩法，主要也是以按壓腳底穴道來知道身體各部位的疾病，對於從未被人服侍過的我而言，一開始真覺得不好意思。一般而言，服務員幾乎都是從內地來的十八、九歲年輕男女，他們大都沉默而認份的工作著，看他們小心的兩手端著盆子，面對一雙雙美醜不一的腳丫子，他們都是恭恭敬敬的捧著，又是擦又是捏的，每個客人都像大爺大奶般躺著，高高在上的任由他們伺候著。

後來我們固定到一家河南人開的沐足店去洗腳，我習慣給女服務員按摩，一會兒來了一個短髮的小姐，態度和善，雖然上了粧，仍然能看得出來她的年紀比其它的小姐大些，由於去的次數多了，以後我都點她幫我洗腳。

後來聊天之下才知道，其實點她的人並不多，因爲她的年紀較大，二十五歲在沐足店裡算是夠老的了，所以客人並不常點她，我奇怪的問：「洗腳罷了，又不是做特種行業，還有年齡的問題啊？」

她說：「是沒有年齡的問題，但是男客人還是喜歡年輕漂亮的小姐爲他們服務。」

我只好了解般地笑笑，心裡倒先同情起她的處境，雖然她按得也很好，態度也很認眞。但是客人不以技術取人但論年齡大小，那眞是非戰之罪了。

她在家鄉沒什麼工作機會，只好進入洛陽的按摩學校學一段時間，等到學成後，就進了這家由親戚介紹的店裡打工，老闆供吃供住，問起她的工資所得，她說客人付三十元按一個小時的腳，他們抽十元，我幫她計算，如果一天按摩三個客人，一個月平均可得九百元，一雙手長期浸泡在水裡，永遠都是紅通通而粗糙的，想想這也眞是辛苦錢。

後來我每次去洗腳都點她，且每次按完我都會給她一點小費，如果能讓她不致枯坐虛耗時間，也算是對她的一種幫助吧。

之後姊姊和媽媽從台灣來看我，我就帶她們到沐足店去體驗一下新感受，或許是第一次接觸的關係，服務員才輕輕按一下，姊姊就笑得東倒西歪，直嚷好癢，碰巧那服務員又是男的，更讓她覺得敏感，等到適應得差不多了，她和服務員聊了起來，哪個部位痛就代表胃不好，或是腦神經衰弱等等，突然老姐大叫一聲：「哇，這裡好痛，這裡是代表身體的哪裡？」

服務員老老實實地答曰：「胸腺。」

一時之間我和老姐都瞪著她的胸部看去，老姐突然見笑轉生氣的用台語說：「騙肖仔，我大小適中，發育良好耶！」隨即轉移話題，聊些河南省的風景見聞，一轉眼換了另一隻腳，老姐突然又大叫一聲：「哇，好痛，這裡又是代表哪裡？」

服務員仍然老老實實的答：「胸腺。」

我聽了笑不可抑，居然、居然……這會兒老姐再也受不了的大聲問他：「胸腺代表什麼意思？」但見她雙目暴突，一臉給我講清楚、說明白的態勢，服務員渾然不知暴風雨之將至的據實以告：「胸腺就是胸體腺，就如同扁桃腺是一樣的。」此時老姐才稍稍釋懷，不再那麼在意她的胸部。老媽則是一臉老神在在，無關痛癢的樣子，她說：「我攏無啥感覺！」按摩完了還給服務員十塊錢小費，服務員一臉欣喜，他今天眞的賺到了。

按完之後，服務員尚且要幫客人套上先前脫下的襪子，順便將皮鞋刷乾淨，擺到客人面前，讓客人將一雙尊足套入鞋中，若是客人仍然想要休息一下，看看電視再抽根菸，服務員也會繼續添茶，絕不會下逐客令。

這套服務每每讓台灣來的且是第一次沐足的朋友覺得好歹勢，洗腳完畢後總不由自主的從皮夾裡拿出十塊錢，給服務員當小費，總覺得自己的一雙腳好像踩在人家的自尊上，感到分外的虧欠。

一個年輕單純的幹部就曾經說過：「我不忍心去洗腳！」

沐足風俗，存乎一心罷。

煲湯

廣東人除了對食物的特性有獨到而精闢的見解，對食材的利用也有充分的了解，他們知道食物並不一定要完全入口才叫好，比好更精上一層的是妙，也就是將食物的原汁精華萃取下肚，使之更容易且快速的讓身體吸收，更快的達到養生滋補的功效，這就形成了煲湯的文化。

剛來宿舍，時常看到霞姐拎著個土陶甕，放在瓦斯爐上一煮就是好幾個鐘頭，甕嘴上噓噓冒著白煙，也沒見霞姐去翻動它，我忍不住好奇的問她在幹嘛，她說：「在煲湯。」

霞姐操著一口廣東腔，說某某幹部的孩子來探親，準備住一陣子，沒想到已經六歲了還常常尿床，她現在就正在幫那個孩子煲「停止尿床」湯，讓小孩子的膀胱強一點，省得天天幫他洗床單。

好神奇，居然有這種湯，還可以治尿床的，霞姐一副女巫的神情，一邊翻攪另一大鍋湯，是給公司員工喝的，霞姐對我說：「今天喝這個湯對先生也好，對太太也好，清熱、滋補又養顏！來，你看看，有淮山、紅棗、枸杞還有雞肉下去煲，保證大家吃了好好！」

不同的湯就有不同的功效，我看著滿鍋紅、白、橘色的不同中藥，搭配燉的熟軟的雞肉，再聞到這些食材經過長久時間的燉煮而散發出來的香味，立即舀了一碗湯來喝，鮮美的滋味加上嚼起來脆脆的淮山，感覺真的不錯呢！

後來由於地方熟了，外食的機會漸漸增加，我們都會到外頭的餐廳用餐，服務生照例都會問我們要不要點湯，通常會先上湯，侍者將湯一碗碗舀好，一一的分配給客人，再將甕裡的食材舀出來放於小碟上，供客人食用。

由於我們對廣東湯品認識有限，所以常常不知道要點什麼湯才好，一次由侍者的推薦，喝下一碗鮮美甘甜的湯，這才往碟子上的食材研究起來，原來是一些小烏賊，配上一塊煮得爛熟的瘦豬肉，以及一些大骨熬煮而成，烏賊的鮮美配上瘦肉的甜以及大骨的濃郁，方有如此佳湯。

於是我才了解何以嫁到香港二十多年的阿姨，只要我們到香港去都能煲出好喝的湯給我們喝了。

阿姨最喜歡煲的湯是「洋蔘燉響螺」，到菜市場的海鮮攤挑幾個大如拳頭的響螺，將螺肉拉出去殼，配上一大塊瘦肉以增加甜度，再將切好的洋蔘放入鍋中，燉煮三個鐘頭，端出來喝時，盡是滿嘴甘美滋味，響螺咬來口感一流，香Q可口，阿姨說，絕無添加味精，純粹是精華原料，原汁原味，滋陰養顏，清熱氣。

老媽看到居然有這等勝過她煮了幾十年的苦瓜排骨湯、香菇雞湯的另類好湯，回來台灣遍訪各種市場，就是沒有生猛新鮮的響螺可買，只好退而求其次的買了一堆田螺回來，高高興興的煲了兩個小時的湯，豈知風味口感與響螺湯眞有天壤之別，老媽還不死心的要我們將碗裡的田螺吃個精光，在她凌厲的眼神攻勢下，我們只好將這個更「另類」的湯全部喝完。

這說明了，並不是所有的食物、材料都能調配煲煮，不同的食材只會將湯的療效與風味大打折扣。

在香港與廣東還有一些專以「賣湯」爲招牌的餐廳，譬如像「阿二靚湯」，到阿二店裡除了有各式各樣的湯之外，並有其它的小菜、時蔬、飯粥等供客人果腹，當然，到阿二靚湯我都會先點一盅湯來喝，好好的調理養身，才不辜負這些精心煲煮的靚湯。

店裡光是湯就有三十幾種之多，分原盅燉湯以及秘製靚湯兩種，稍微舉幾個比較特殊的湯，如：

天麻川芎燉豬腦：其功能爲強壯機能，健腦益智。

花旗蔘燉水鴨：其功能爲滋陰養顏，清熱氣。

馬蹄茅根甘尹燉烏雞：其功能爲清熱解毒，補血明目，預防夜盲症。（好厲害的湯啊！）

另外也有價格比較高的湯，如：

鮑魚花膠燉水鴨，定價三十八元人民幣。

榮登湯中之王的則是「夏威夷木瓜燉魚翅」，定價八十六元人民幣，不必喝，聽起來就覺得太平公主有救了，如果功能屬實，則花費區區小錢也在所不惜。

一次外子帶台灣來的兩位男同事到阿二靚湯，其中一位大塊頭頗富男子氣概的同事，在瀏覽過群湯功效之後，決定點一盅：鹿筋燉水鴨湯；較爲瘦小的同事看到這湯的功效爲：強腰補腎、補腳力、強筋骨之後，嘴角微揚四十五度，眼神飄到壯碩同事的身體上，絲絲原來「中看不中用」的意念盤旋在兩人中間。

壯碩同事一臉若無其事的扭了扭身子，開口問瘦小同事：「那你要喝什麼湯？」瘦小同事仔細研究了約莫五分鐘，告訴一旁等待的服務小姐：「我要牛奶燉竹絲雞湯。」壯碩同事趕緊查看，其功效爲：滋陰養顏、營養保身。

還沒等壯碩同事大肆喧嚷以報適才眼神諷刺之仇，服務小姐就說：「先生，這是給女士喝的。」

壯碩同事登時拍桌訕笑了起來：「對啊，你要看清楚，上面標明『滋陰』耶。」

「我想喝喝看難道不行嗎？」瘦小同事反擊道。

服務小姐仍然說：「男人比較沒喝這個湯。」

瘦小同事堅持且受不了的對小姐說：「你們服務員還眞奇怪，管客人喝什麼湯，我就是要喝這個湯！」

小姐訕訕的點頭稱是，一溜煙的走了。

喝湯，不但要講究療效，還得講究氣氛，可別爲了一個湯，破壞了喝湯的情趣。

萃取眾多食材的湯眞能達到以上所說的功效嗎？我想，應該就像流傳千年的中藥原理一樣，老祖宗觀察鳥獸蟲魚，試嚐百草，不斷以自身爲實驗所留下來的經驗，一盅小小的湯，卻包含了這麼多的道理，其功效自然不言而喻。

南越王墓

我喜歡一切古老的事物，總覺得那些事物藏了許多時間的秘密，看盡人世滄桑，時間所篩選下來的就是那些有著謎樣過去的古物，每次面對這些東西時，我總感到它們也發散出觀察我的氣味，究竟我在它們的眼裡又是何種模樣呢？我一直想從它們的面目中找出一絲線索。

和朋黨說要一起參觀位在廣州的南越王墓博物館，他們都質疑：「岳飛是廣東人嗎？」原來他們都以爲是「岳武穆王」岳飛是也！很抱歉，這個辭是不能倒裝的喔，否則失之毫釐，差之千里。

此墓乃秦始皇時代，首次一統中國，派大將率領官兵來嶺南設郡，戍守於廣東的軍隊，後來因爲秦朝的滅亡，於是在嶺南自立爲王，自稱南越國的皇帝，一切典章制度與中原相近，所以連帝王之墓都與漢代相仿，此墓發現於一九八三年，距今已有兩千多年的歷史，其中的漆器早已腐朽，剩下來的大量文物，倒是提供了許多研究漢代史料的依據。

記得若干年前這座博物館曾經跨海到台北展覽過其中的文物。但是那次我並沒有去看，只記得代表這座博物館的館徽，是一塊雕刻龍鳳相對的圓形玉佩，鳳立於龍爪且雕刻於玉環之外，龍鳳倆倆相望，精美絕倫，當時的我看著《歷史文物月刊》上的圖片歡喜讚嘆良久。

如今，我們就來拜訪這些古物了。

我們穿過博物館的前廳，一道階梯墓道展開了帝王之墓的探索，我們隨著下降的階梯深入墓地，我想像著千年以前的挖掘工作以及殉葬的夫人們和僕役們，一條白綾結束了四位受文王寵愛的夫人們的性命，被賜毒酒的僕役們心中尙萬分感念皇恩浩蕩的飲盡而亡，和一群處理過的動物以及大量的精美絕世文物，共同埋葬在墓地裡，千年之後的今日，我踩著同樣的步伐，親炙這舉世無雙的墓穴。

大門是採自蓮花山的巨大石塊所製成，未進大門，就看到畫在石壁上的黑色雲紋，這種雲紋常在許多古代器物上見到，待進到墓室中，我們就看到當時爲防盜墓所設計的三根石條，像翹翹板似的凹陷在地裡的凹槽中，只要關上大門，靠在門端的石條末端就會翹起，抵住大門，形成只能出而再不能進的模式。

這座墓之所以位在開發極早的廣州市中心，卻歷經這麼長的時間才被發現，原因就在於它深藏在象崗山裡，那時的人將象岡山上的土石向下挖深十七米，再設計墓室，當一切部署妥當，再於墓室的頂上覆蓋上大石板，將原來移去的土石塡回原處，所以沒人發現，也沒有人知道這山崗裡有南越王的墓。若不是這樣的設計，恐怕早已被盜墓人捷足先登了，而這座墓被發現的原因，是因爲政府機關要在象崗上蓋職員宿舍，挖土機剷進地裡打地基時才被發現。

據解說員說，這個墓是南越王二世的墓，第一位君王的墓尙未被發現。

墓裡並沒有陰森的感覺，因爲博物館的屋頂玻璃採光感覺很明亮，只是難得有此機會深入古代君王的墓裡探險，倒挺刺激的！不過濕氣很重，墓裡分成四個墓室，每個墓室都不大，卻可以容納那麼多的器物，殉葬人也不少，我們每進一個墓室就得彎腰而行，大家一致認爲，當時廣東人的身量一定更小。

當我們準備離開墓室時，後頭來了一批學生，大家推擠之際，墓室裡頓時擁擠不堪，我看著這個歷史悠久的墓地，不論石壁或雲紋都很有可能遭到人爲的破壞，朋黨卻說話了：「你沒聽西安人說，農民工人隨地一耙子下去，就不知道會挖出哪個朝代的古蹟，中國古蹟太多了，他們根本無所謂。」我想，這樣的古蹟在台灣，不知道要受到多麼嚴格的保護。

進入博物館，映入眼簾的是一枚原來放在墓主屍骨上的龍鈕金印，上刻：「文王趙昧」，這枚金印是目前出土的西漢最大金印，也是證實墓主身份的重要依據，所以它是博物館的「鎮館之寶」。

我們又來到陳列絲縷玉衣的展覽館，只見一個平躺在玻璃櫃裡模擬文王身軀的假人，從頭到腳全身無不被玉片串聯的玉衣所包覆，兩千多年的現在絲縷早已腐朽，館方依據散落的玉片，重新複製一件，文王身長一米七二，由於是中原移民的後代，所以有著高大的體型，我看看兩千年後營養過剩的外子，也不過與文王等高，可見那時文王眞的是高大威猛的男人。

玉片多爲青白色的長方形或正方形，以及少量的角形，且玉片四角均有打洞，以利絲線串聯，玉片並非價値太高的玉質，但串聯這整件玉衣卻極爲耗工，當時的觀念認爲，只有以玉衣包覆屍體才不會腐壞，進而達到長生不老的目的，所以連文王的手指、腳趾都沒有外露出來。

我看到心儀已久的「龍鳳紋重環玉佩」出現在我的面前，晶瑩圓潤且散發出獨特的靜謐精巧氣質，矯健富生命力的龍與細膩且連著捲雲的鳳，在工匠的巧思佈局下，呈現高度的藝術價值，反覆細究，流連難去。

外子心儀的則是另一具價值連城的「青玉角杯」，杯子由整塊玉雕成，中間挖空，外部兼具各種淺雕、浮雕的技巧刻飾，尾部是向上捲起的立體雕刻，在燈光下透露出玉質的細密，以及由白、青、墨綠和黃的各色沁色所形成的光澤，再加上拋光的打磨技巧，閃閃發亮，也是價值連城的漢代精品。

想到前陣子在《廣州日報》上看到的報導，幾年前在西安發現了一個戰國時代的夫人墓地，負責開挖的組長將剛挖出來，戴在夫人手腕上的「龍鳳戲珠」黃金手鐲，自行私藏而未列入簿冊中，後來因爲被人發現密告，才打起官司來，而且被告可能獲判無罪，這件事引起考古界極大的輿論，無罪的理由是他並不算私藏，只是放在家中做研究準備出論文用。

那篇報導後記說，有許多文物被學術機構藉研究之名外借未歸還，這些做研究的人幾年後又調派到別省去，如此輾轉調派，要回寶物之日遙遙無期。

傾城寶物人人都想擁有，但並非任何人都有承受擁有的福分，讓寶物重現於人世間方是眾人之福吧！

105 台北市南京東路四段25號11樓

廣　告　回　信
台灣北區郵政管理局登記證
北台字第10227號

大塊文化出版股份有限公司　收

請沿虛線撕下後對折裝訂寄回，謝謝！

地址：□□□ ＿＿＿＿＿市／縣＿＿＿＿＿鄉／鎮／市／區

＿＿＿＿＿路／街＿＿＿段＿＿＿巷＿＿＿弄＿＿＿號＿＿＿樓

姓名：

大塊 LOCUS 文化

編號：SM043　書名：台媽在大陸

大塊 LOCUS 文化

讀者回函卡

謝謝您購買這本書，為了加強對您的服務，請您詳細填寫本卡各欄，寄回大塊出版 (免附回郵) 即可不定期收到本公司最新的出版資訊。

姓名：____________________ **身分證字號：**____________________

住址：____

聯絡電話：(O)____________________ (H)____________________

出生日期：______年______月______日 E-mail: ____________________

學歷：1.□高中及高中以下 2.□專科與大學 3.□研究所以上

職業：1.□學生 2.□資訊業 3.□工 4.□商 5.□服務業 6.□軍警公教 7.□自由業及專業 8.□其他________

從何處得知本書：1.□逛書店 2.□報紙廣告 3.□雜誌廣告 4.□新聞報導 5.□親友介紹 6.□公車廣告 7.□廣播節目8.□書訊 9.□廣告信函 10.□其他____________

您購買過我們那些系列的書：

1.□Touch系列 2.□Mark系列 3.□Smile系列 4.□Catch系列
5.□PC Pink系列 6□tomorrow系列 7□sense系列 8□天才班系列

閱讀嗜好：

1.□財經 2.□企管 3.□心理 4.□勵志 5.□社會人文 6.□自然科學
7.□傳記 8.□音樂藝術 9.□文學 10.□保健 11.□漫畫 12.□其他_____

對我們的建議：____________________________________

____

____

LOCUS

LOCUS

LOCUS

LOCUS